戦場観光

～シリアで最も有名な日本人

藤本敏文

幻冬舎

「革命の魂」とも言われたシリア西部ホムスのババアムル地区で繰り広げられた反政府デモをアパートのベランダから見る筆者。この直後に周囲に銃弾が着弾する＝2011年12月30日、ホムス

世界遺産に登録されているアレッポ最古のグレート・モスクのミナレット。シリア政府軍が戦闘に利用するため土嚢を積んでいるのが見える。反政府側との攻防戦の末、2013年4月に完全に崩壊し、現存していない＝2012年12月25日、アレッポ

反政府武装組織「自由シリア軍（FSA）」の戦闘員の案内で、外国メディアのカメラマンたちと一緒に最前線に向かう＝2012年12月25日、アレッポ

シリア政府側と反政府側の境となる最前線の通りに放置されていた市民の遺体。スナイパーに撃たれるため近づくことができず、放置されてミイラ化してしまっている＝2012年12月30日、アレッポ

アパート屋上の壁に空けた銃眼からシリア政府側に向かって銃撃するFSA戦闘員。政府軍が発砲した弾丸が周囲の壁に何発も着弾する激戦の最前線だった＝2012年12月31日、アレッポ

通りを挟んで向こう側が政府側支配地域。反政府側と比べて建物があまり損壊しておらず、シリア政府側と反政府側の使う兵器の火力の差を感じさせる＝2012年12月30日、アレッポ

最前線近くの廃墟と化した街でポーズを決める、迷彩服にカメラを持った筆者＝2012年12月27日、アレッポ

外国メディアのジャーナリストらとスナイパー通りを駆け抜ける筆者＝2012年12月27日、アレッポ

2012年の年末、最前線近くの広場でクリスマスのお祝いをするFSA戦闘員たち。FSAはイスラム教スンニ派が中心だが、キリスト教徒のシリア人男性がサンタクロースの扮装をして参加していた＝2012年12月31日、アレッポ

銃痕や爆弾の破片で壁が穴だらけになった小学校で元気に勉強を続けていたシリアの子どもたち＝2013年1月1日、アレッポ

通りに出てシリア政府軍側に向かって銃撃するFSA戦闘員をさらに前に出て撮影＝2013年4月27日、アレッポ

頬に反政府側の旗を描いて反政府デモに参加するシリア人の少女＝2011年12月30日、ホムス

戦場観光～シリアで最も有名な日本人

目次

構成　安田純平

装幀　幻冬舎デザイン室
地図　中村文（tt-office）

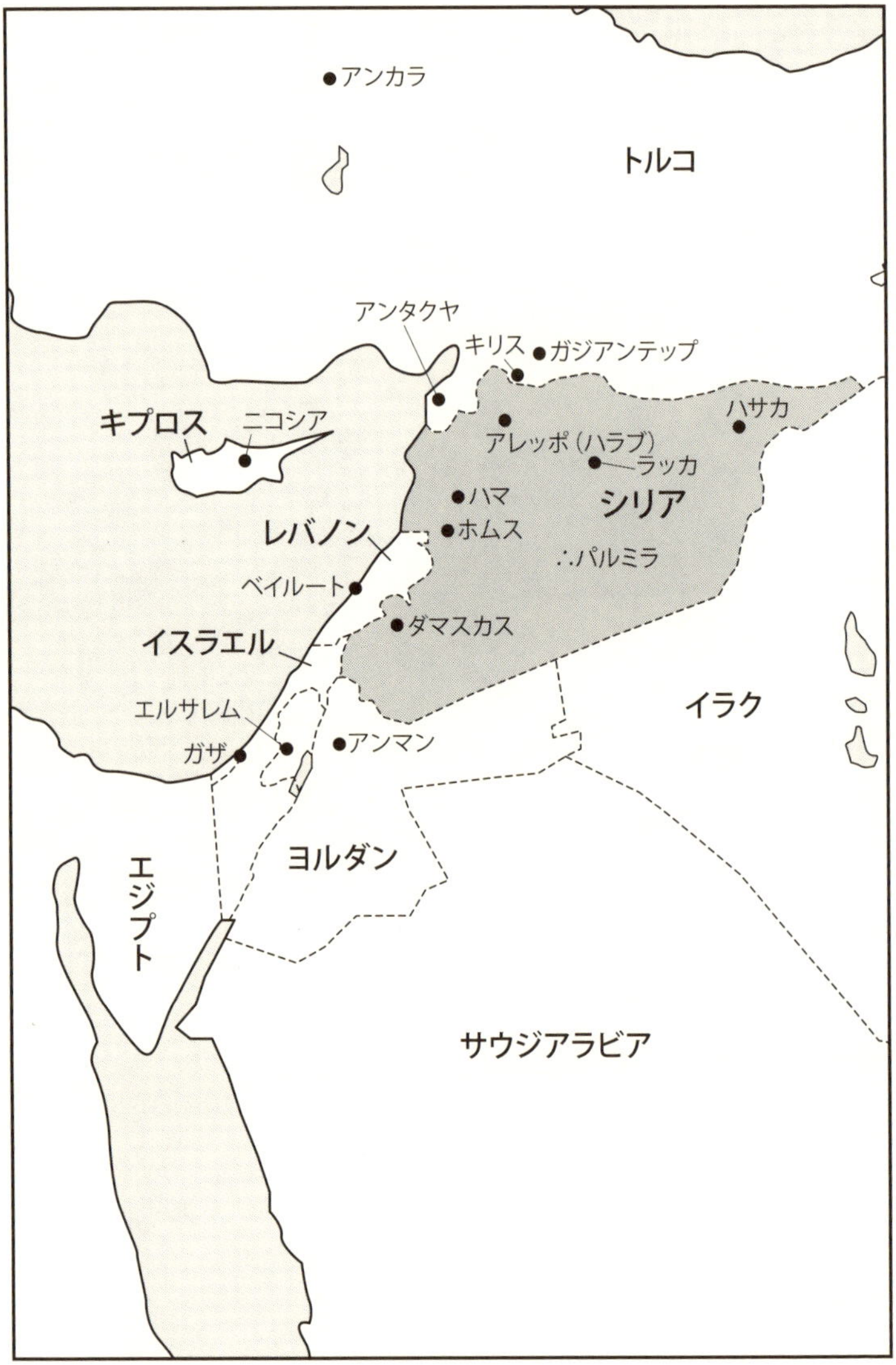

アンカラ
トルコ
アンタクヤ
キリス
ガジアンテップ
ハサカ
キプロス
ニコシア
アレッポ（ハラブ）
ラッカ
ハマ
シリア
レバノン
ホムス
∴パルミラ
ベイルート
ダマスカス
イスラエル
イラク
エルサレム
アンマン
ガザ
ヨルダン
エジプト
サウジアラビア

プロローグ

「なんや、どないなってんねん、これ！」

久しぶりにフェイスブックのアカウントを開くと、画面上の友達リクエストの欄の赤いマークに「１５００」という数字が入っていた。友だちなんてせいぜい50人とかしかいなかったのに、友達リクエストが１５００って。何かの間違いではないか。

２０１３年1月3日、内戦状態に入っていたシリアを訪れていた俺は、７日ぶりに隣国トルコに戻った。

トルコ南東部の都市ガジアンテップのホテルで久々に温かいシャワーを浴び、買ってきた晩飯のサンドイッチをビールで流し込みながら、自分のパソコンを開いた。軽い気持ちでネットを眺めるつもりが、思いもよらない事態にまだ酔ってもいないのに頭が混乱し始めた。

友達リクエストをしてきた人はほとんどがヨーロッパ系の人だったが、日本人を3人ほど見つけて、「なぜ自分のことを知っているの」とメッセージを送って聞いてみたところ、すぐに返事があった。「ネットに名前が出ていますよ」とのことだ。

シリア滞在中に知り合ったフランスの通信社ＡＦＰの記者に、日本での仕事のことなどいろいろ聞かれて、写真を撮られたことを思い出した。俺のことを記事にして世界中に配信したらしい。

『シリア戦場旅行を新たな次元に導いた日本人トラック運転手トシフミ・フジモト』

『ガソリンや水、チョコレートを運ぶ単調な日々に退屈していたフジモトは、戦場旅行者になった』

『戦闘服にもちろん日本製のカメラを携え、あらゆる前線へと出かけては、シリア第二の都市アレッポが破壊されていく様子を記録した』

『「俺を撃ってこようが、殺そうとしようが怖くはない。サムライでありカミカゼだから」』

――あいつら、何も言ってなかったのに、やられちまったなー。日本で報道されてたらえらい騒ぎになっとるんと違うか。

日本の外務省はシリア全土に退避勧告を出している。2012年8月には、取材中に銃撃戦に巻き込まれた日本人ジャーナリストの山本美香さんが亡くなって、日本でも大変な騒ぎになった。そんなところに自分が行っていたと書かれたらえらいことになるのではないか、と思ったが、友達リクエストの日本人に聞くと、まだ日本のメディアでは報道されていないようだった。

日本で報道されていないなら、まあいいか、という気になってきたのでその夜は寝ることにした。しかし、夜中に携帯電話の着信音で叩き起こされた。日本にいる兄からだ。

「お前、なにしとんねん!」

「何もしとらんわ」

「外務省から電話あったで」

「なんて？」

「弟さん、どこ行ってるんやと。知らんと言っといたけどな」

「あー、新聞載ったからちゃうか」

「お前、なにやってんねん！」

面倒になって黙って電話を切り、携帯電話を叩きつけるように置いて、毛布をかぶった。

ようやくまどろみ始めた明け方ごろになって再び携帯電話が鳴った。今度はなんや、と思ったが日本の知らない番号からだ。

「外務省ですけど、藤本さんですか？」

「はい、そうですけど、何かありました？」

「新聞見ましたか？　一面のトップに出てましたよ」

「外国のやろ。テレビにも出とるらしいで」

「危ない場所には行かないようにしてくださいよ。真似する人が出てきますから、メディアには出ないでください。藤本さんもバッシングされるかもしれませんよ。シリアにはもう行かないでください」

「もう行かないよ。たぶん」

「もし死んだりしたら、子どもさんのところにもメディアが殺到して迷惑がかかることになりますよ」

——俺、バッシングされるん？　家族まで吊るし上げられるんか。

外務省に脅されて、急に怖くなってきた。2004年のイラクでの日本人人質事件では大変なバッシングが起こったのをニュースで見ていた。俺も同じようなことになるのか。日本で生きていけなくなるんじゃないか。人生最悪のショータイムの始まりか。

トルコからの帰国の機内では、浴びるように酒を飲んで寝た。おかげで何も考えずにすんだが、関西国際空港に到着したとたん、また恐怖が襲ってきた。

——このまま空港から出て大丈夫なんやろか。

入国審査をすませ、預けた荷物を受け取ったところでトイレに駆け込み、スマートフォンで「藤本敏文」をネット検索してみた。

すると、すでに日本語でも配信されていたAFPの記事を読んだという人たちがブログに「死んだらいいのに」「日本の恥」「自分がシリア政府軍なら殺してやるのに」などと書いているのが次々に見つかった。どうやらアサド政権の支持者たちらしい。

次第に身体が震えてくるのが分かった。空港の外にバッシングする人たちが大勢集まっていて罵声を浴びせられるかもしれない。会社にも非難の電話が来て仕事が続けられなくなったり、別れたヨメや娘たちも嫌がらせを受けたりするんじゃないか。

シリアを出るまでは、戦場で記録した写真や動画をフェイスブックにアップして、少しでも現実を知ってもらおうと思っていた。ジャーナリストでもない自分ができることといったらそれくらいだからだ。でも、そんな気持ちも吹き飛んでしまっていた。

報道陣がたくさん来てたらどうするか。インタビューされたらなんて言ったらいいのかな。無視するか、ビートたけしか誰かが言っていたけど、放送禁止用語を連呼して放送できなくしてしまうのがいいか。

洋式便器に座ってこんなことを考えながら、30分以上震え続けていた。銃撃の最前線でも怖いとは思わなかったのに、今は震えが止まらない。

俺の人生、どうなってしまうんやろ……。

第一章

トラック野郎、内戦のシリアへ

２０１２年12月23日午後３時半、トルコ南東部ガジアンテップの空港に降り立った。内戦状態になっているシリアへ行くためだ。

俺は１９６７年生まれの45歳。バツイチの独身だ。普段は食品関係を運ぶトラック運転手として日本中を走り回っている。ここ数年は休みのたびに海外を旅していて、〝アラブの春〟の際の群衆のパワーに魅力を感じて、最近は中東にたびたび来ている。

本当はこの年の5月のゴールデンウイークにシリアへ行きたかったが、1月に在日シリア大使館にビザを申請したもののあっさり拒否されていた。東京の旅行代理店は「時機を見てまた申請しなおしてみたらいかがですか」と言うので4月まで待ってみたが、よい連絡はなかった。

どうしてもシリアへ行きたいので大使館に自分で電話をして「なんでビザ出ないんですか」と聞くと、「シリアに何をしに行くんですか！　仕事は何ですか！」と強い口調で聞き返された。

「旅行ですわ。仕事はトラック運転手やで」

「本国が判断するのでとりあえず申請してみてください」

「1月に申請したけど出なかったから、なんで出ないのか聞いてるんですわ。どうしたらええんですか」

「とりあえず申請してみてください」

こんなやりとりがあって、勤め先の就業証明書を添付して申請してみたが、結局、ビザは出ず、ゴールデンウイークにシリアへ行くことはできなかった。

俺がシリアにこだわっているのは、現地での強烈な体験があったからだ。

2011年12月30日、俺は中東シリア西部の都市ホムスにいた。北アフリカのチュニジアに始まった〝アラブの春〟は中東諸国に広がり、ここシリアでもこの年の3月以降、反政府デモが繰り広げられていた。その民衆のエネルギーを感じてみたいと思い、観光客としてシリアを訪れた俺は、その時まさにそのまっただ中に立っていた。

アパートの最上階のベランダからデモ隊を撮影していた俺は、周囲のコンクリートがビシッ、ビシッと弾けているのに気づいた。銃撃だ。何者かが俺を狙っている。

デモ隊の周囲には、シリア政府軍の装甲車から銃撃しているとしか考えられないスナイパー通りがあちこちにあった。現地人がそこを走り抜けるたびに、水平射撃された銃弾が壁に当たっているのを俺はすでに目撃していた。銃弾を受けて苦しむ若者、命を奪われた青年の遺体も見ていた。

命を狙われながらも、彼らは丸腰のまま、ただひたすら自由を求めていた。俺も次第に怒りが湧いてきた。ただ撮影しているだけでなぜ撃たれなければならないのか。

銃撃を避けてアパートから出るといきなり肩車をされ、目の前の群衆が真っ二つに割れた。俺にここを通れというのだ。そのまま群衆のど真ん中にあるステージに上げられた。

英語のできない俺が、マイクを向けられて言える言葉はこれしかなかった。

「エブリバディ・トゥゲザー・ゲット・フリーダム（みんな、一緒に自由を勝ち取ろう）！」

この瞬間、爆発的な大歓声が襲ってきた。

「フリーダム！　フリーダム！」

体中を突き抜けたこの衝撃と恍惚感が忘れられない。

翌日からは、街のどこへ行っても「トシ！　トシ！」と呼ばれて歓迎された。今まで生きてきて、あれほどまでに人に求められたことはない。自由を求めて命がけでデモを繰り返す彼らとひとつになれた気がした。もうどんな観光地へ行っても、あれ以上の体験はできないだろう。またあの場所に戻りたい。帰国してからも、そのことばかりを考えて過ごしてきた。

２０１２年の夏を過ぎるとシリアは本格的な内戦状態になっていたが、ニュースを見ていると反政府側の地域にはビザなしで記者が取材に入っているようだった。しかし、自分は旅行者だし、どうやったら行けるのだろう。

ホムスでのデモで知り合った現地の友人にフェイスブックで連絡をとったところ、ホムスは無理だが、トルコに近いシリア第二の都市アレッポならトルコ側の都市キリスから行けるよ、と教えてくれた。シリア側の国境検問所を反政府側が支配しており、シリアのビザがなくても通れるのだという。

シリアが内戦状態ということは知っていたが、友人が「行ける」と言ってくれたので「戦場に行く」という怖さは感じなかった。友人に会いに行くような感覚だったからだ。

次に休みが取れるのは年末年始だ。とりあえず夏のうちにとっておいた関空からイスタンブールを経由してガジアンテップまで行く往復航空券は、10日間の滞在で22万円もかかった。正月料金だからしかたない。

12月になってもビザは出なかった。しかしチケットを取ってしまっているのだから、とりあえず行かないといけない。どうせ行くのなら最前線まで行ってみよう。最前線で、やるかやられるかの命のやりとりが見られるんじゃないか。そんなものを見られるのなら、ぜひ見てみたい。最前線を見たことのある日本人なんていまどきほとんどいない。そして、そんな場所にこそ俺の居場所があるのではないか。

出発前に、愛用の一眼レフカメラ、キヤノンのEOS 5D、同7Dのほかに、動画も撮るためにビデオカメラも購入しておいた。さらにネットでいろいろ検索していて「敵の印象に残りにくい迷彩服」と書いてあるサイトに行き当たったので、「山本美香さんもアレッポで殺されたしな、まっ、買っとくか！」と軽い気持ちで購入した。数日後に家に届いた迷彩服を着てみるとぴったりだった。

——カッコ良いやん。これやったら見つかりにくいか。しかし似合ってるやんか。

鏡を見ながらひとりごとを言ってその気になっていた。靴もスポーツ用品店で買った登山用のハイカットのブーツだ。こんな調子で自分なりに準備は万端だった。

12月23日、ガジアンテップの空港に着いた俺は、短い日程なのでそのままシリアまで行ってみる気にもなったが、すでに午後4時近くになっていた。紛争中の国との国境は何かあればすぐ封鎖されてしまうだろう。遅い時間に行って閉まっていたら、また町まで戻って宿を探さなければならない。初めての土地でそれは避けた方がいい気がした。

その日はおとなしくガジアンテップのホテルに泊まることにして、牛肉と玉ねぎを炒めた具の入ったサンドイッチとビールを買い込んだ。

——明日は本当にシリアに入れるんかなー。問題は国境やな。シリア人の友人は大丈夫って言ってたからどうにかなるか。まあ来てしまったし、今さら考えてもしかたないしな。

いろいろと考えたがきりがないので「やんぴ（やめた）！　映画でも見るか」とパソコンで映画を見始めた。すぐに眠くなってきたが、翌日への不安と期待で、眠いのになかなか寝付けなかった。

初めての戦地

２０１２年12月24日、スクランブルエッグにパンとジャムというよくあるホテルの朝食バイキングをすませて午前９時に出発。ホテル前にいたタクシーに「キリスの国境検問所まで」と頼んで乗り込む。

時速80キロほどでタクシーは進んでいく。畑が一面に広がっている風景がずっと続いている。本当にシリアに入れるのだろうか。とりあえず来てしまったけれど、内戦中の国にそんなに簡単に入れるものなのか。坦々とした時間が続くうちに不安な気持ちが募ってきた。

１時間もかからないうちに国境の手前でタクシーは止まった。はるか彼方にトルコの国旗が見える。あそこまで歩いていくしかないらしい。こんなときこそヒッチハイクや、と思ったが、シリア側へ走っていく車はみな荷物を満載していて、止まってくれる気配はない。

途中、やはり国境まで歩いていくトルコ人といっしょになり、「日本人やで。娘が３人おるよ」といった話をなんとか英語でしているうちに、トルコ語で何か書かれたアーチのあるゲートに着いた。よくニュースで中継をやっているシリアとの国境だ。

内戦のシリアへ行くということでいろいろ聞かれることも想定していたが、特に何を聞かれるわけでもなくトルコからの出国手続きは終了した。しかし最大の難所は次のシリア入国だ。

何もない広大な土地に、両側をフェンスで区切られた道がやや右にカーブしながら延びている。ぬかるんだ道を歩き始めると、右前方、１キロほど先に大きな旗がはためいているのが見えた。赤いトルコの旗が２本立っているその隣に、緑、白地に赤い星３つ、黒の横縞の旗が２本。シリアの反政府武装組織「自由シリア軍（ＦＳＡ）」の旗だ。ＦＳＡは２０１２年の夏にトルコ国境を占拠し、独自の出入国審査を始めており、トルコ側もこれを正式な国境として認め、通常の出入国手続きを行っていた。

ＦＳＡは２０１１年の夏に発足した反政府武装組織で、シリア軍から離反したリヤド・アル＝アスアド大佐を中心に離反兵や一般市民を巻き込んで全土に活動が広がった。デモ隊を政府軍から守るという名目もあったが、次第に武装が本格化し、政府軍と衝突するようになった。資金源は主に在外シリア人やシリア企業からの送金だが、カタールやサウジアラビアや湾岸諸国のイスラム団体などからの寄付もあり、その背後には湾岸諸国の政府がいるという指摘もされている。また、欧米諸国からも通信機器な

トルコーシリア国境のシリア側国境検問所。緑と白、黒の横縞に赤い星３つの反政府組織FSAの旗が立っている＝2012年12月24日

どの装備品が送られている。

——ニュースで見たとおり反政府側のシリアなんやなー。本当に入れるんかな。ま、取りあえず行くしかないか。

そこへシリア人が近づいてきて、タクシーがあるから乗らないかと誘ってくれた。「タダ？タダ？」と聞くと「いいよ」と言うので甘えさせてもらう。

シリア側の国境検問所の周りには完全武装したFSAのメンバーたちが大勢いた。今まで行った国とは明らかに雰囲気が違う。肩からAK－47カラシニコフを下げ、ベストには予備の弾倉を入れて腰には手錠まで下げている者もいる。服装はばらばらだ。移動中からビデオ撮影をしていてそのまま連中も撮ってしまっているが、特に何も言われない。ネットで見て知っていたけど、それほど警戒していない。なんとかなるか、という気がしてくる。

しかし、シリア側に入ってすぐの検問で車を降ろされ、3人ほど寄ってきたFSAに「ペーパーはあるか？」と聞かれた。

「ペーパーって、何のペーパー？」

「FSAから発行されるペーパーだよ」

「なんもない」

「FSAと一緒に行動することを許可されたと証明する何か持ってないの？」

「ペーパーなんもない」

すると連中が何やら話し合いだした。アラビア語は分からないし、一体どうなるのだろうとまた不安になってきた。書類が必要だなんて聞いてなかった。心配だったが、「国境に入ったところにプレスセンターがあるからそこに行け」と言われてタクシーで来た道を戻り、国境線のシリア側あたりで降ろされた。

国境付近はシリア避難民のキャンプになっていた。白いかまぼこ型のテントが無数に立ち並んでいる。子どもたちがたくさんいて、なんだか賑やかだ。露天のちょっとした店のようなものも出ている。

キャンプにも興味がないわけではなかったが、まずはシリアに入らないといけない。近くにいたＦＳＡに「イミグレーションはどこにあるの」と聞くと、「ないよ。50メートルほど行ったらプレスセンターがあるから、そこへ行きな」と言うので向かったものの、同じような建物が並んでいてさっぱり分からない。近くにいたＦＳＡに改めて聞いてみると、目の前にある何も書いていない普通の建物がそのプレスセンターだった。

プレスセンターといってもどこかのメディアがやっているようなという事務所というわけでもなく、反政府側がインターネット接続の拠点にしていてメディア対応もしている場所ということのようだ。中にはシリア人が４人いて、みなそれぞれパソコンをいじってインターネットをやっていた。

「フリーランスか」と聞かれて「そうそう」と適当に返事をした。シリアに入れなければどうしようもないので、ここは嘘をつかざるをえない。

「アレッポ行きたいんやけど」と聞くと、タクシーが来るから待つようにと言われた。片道250米ドルかかるという。これが彼らの資金源なのだ。値段交渉には聞く耳を持ってもらえなかった。

――高いけど、アレッポに行けるのは決まりやなー。やったぜ。

しばらくしてやってきたタクシー運転手は英語で話しかけてきたが、「英語できないんだよ」と苦手な英語で説明すると、「そうか。ノープロブレム。おれの弟が日本語ができるから呼ぶよ」と言って携帯電話で誰かと話し始めた。

出されたお茶をいただき、タバコを吸いながら待つこと30分。こんなシリアの田舎に本当に日本語ができる奴おるんか、と思ったが、やってきた弟は日本語がペラペラだった。名前はアライディーン。日本で自動車部品を輸出する企業で働いていたらしい。「実は旅行者なんやけど」とポロッと言ってしまったが、「問題ないよ」と弟は言ってくれた。

「今日はアザーズを見るか？　いま空港で戦闘が激しいよ」と誘ってくれた。

「見たい！　行きたい！」と俺は即答する。

アザーズとは、トルコとの国境のシリア側の町だ。反政府側が掌握し、人員、物資の移動の要衝になっている。アザーズから南に約6キロの郊外にはシリア空軍のミナク基地がある。その争奪戦が繰り広げられているらしい。

日本語が通じるなんていきなり幸先いいわ、と思ったがアライディーンはほかに仕事があるらしく、「今日は兄貴と行ってくれ。今夜は兄貴の家に泊まればいいよ、明日の朝アレッポに連れていくから」と言って去ってしまった。

兄貴は英語やんか、と心配になったが車で案内してくれて、空爆で破壊されて瓦礫だらけになったイスラム礼拝所（モスク）を見せてくれた。屋根にドームのついた頑丈そうな立派な建物は壁が残っている程度で、空爆の凄まじさが分かる。近くに落とされたら間違いなく地獄行きだ。近くにはシリア政府軍の破壊されて錆だらけになった戦車が2台放置されていた。地雷にやられたのか、どちらも車体下部に穴が空いていた。初めて見る本物の戦車に興奮する。

――45歳、藤本敏文。こんなとこで何やってんねん。世間はクリスマスや。日本では皆浮かれてケーキ食ってんだろーなー。

破壊の跡を見て興奮する自分に呆れ返ったが、それは、ガイドブックにも出ていない、日本にいたら見られない現場にいることへの充実感でもあった。

アザーズの町を抜けて見渡すかぎり畑が広がる郊外へ向かうと、通りでＦＳＡの検問があった。兄貴がなにか説明しているが、特に何かを調べられることもなく、その間、ビデオを回していても「日本人？」などとにこやかに応対してくれた。

ロバやニワトリが歩きまわり、ブロックを積み上げて建てられた家々が並ぶ農村のようなところへ入っていくと、やはり検問があったが、兄貴が「日本人だよ。トシっていうんだ」などと言うと、やはりにこやかに通してくれる。

「これから最前線に行くよ」という兄貴の言葉に胸が高鳴った。初日からいきなり最前線だ。

車を降りて、カラシニコフで武装したFSAメンバーに案内されて、徒歩で村の通りを進んでいく。農家の塀は、黒と白の横縞できれいに色分けされたブロックが積まれていて、緑と土色ばかりの農村におしゃれな彩りを添えている。ごくごく普通の平和な村だったように見える。しかしここから先は最前線なのだ。

村の一番外側にある家は、敷地が空爆されたのか塀が崩れていて庭には大きな穴が空いていた。この家の外側は見渡すかぎり畑が広がっている。なんや、こんなところ何もないやんか、と思ったが、「トシ、見ろ」と兄貴が指を差した先の地面に白い爆弾が頭から突き刺さっているのが見えた。家のすぐ外側だ。太さ30センチ以上あるが先が埋まっていて長さはわからない。かなり大きな爆弾だ。

「政府軍のミグ戦闘機がやってきて空爆したんだ。でもいくつかは爆発しないで突き刺さって、そのままになっている」とFSAの説明を兄貴が訳してくれた。すぐ近くには木の枝を積み重ねて囲んだ直径30メートルほどの場所があった。その中にも白い爆弾が突き刺さっている。4日前に空爆された際の不発弾が5つ残っており、村人が間違えて入らないよう囲いを作っているのだという。

初めて見る爆弾に興奮して、気がつけば囲いの中に入って撮影していた。いつ爆発するか分からない不発弾だが、恐怖心はなかった。この爆弾一つでどれだけの破壊力があるのだろう。「トシ、気をつけろ」と兄貴に言われたが、そんなことばかり考えていた。

次にアザーズの空港に向かう。冬のためか何も植えられていない広大な畑の向こう側に管制塔らしきものが見える。ビデオカメラをズームして画面を見ると、ヘリコプターが数機見えた。敷地内で何かが燃えているのか、一帯はたなびく黒煙でもやがかかっている。散発的に「タタタン、タタタン」と機関銃を撃っているような音や「ドーン」と何かが爆発する音が響いてくる。1キロ以上は離れていてよく分からないが、地上戦が行われているようだ。

遠くてよく見えないのでもっと近づこうと歩き出すと、「トシ、危険だ。スナイパーに狙われる」とみんなに止められた。確かに見晴らしが非常によい。こちらから見通しがよいということは相手からも見えているということだ。丸見えやんか。車を置いて、兄貴とFSAの2人といっしょに空港の方向に歩いていったが、初日に撃たれたらシャレにならんので3人組の陰になるように歩くことにした。

3階建ての建物の屋上に登ると、ヘリコプターがかなり鮮明に見えた。屋上には薬莢が無数に散らばっている。ここで銃撃戦が行われたこともあるのだろう。まさにここが最前線のようだ。

車に戻ってしばらく進むと、またFSAの検問があった。道路には車止めが置かれており、通行を制限しているようだ。ここから先はFSAの人間しか入れないらしい。「空港に行きたいよ」と言ったが、「ダメだ！　空港の前線に行くには2週間イスラムの勉強をしてからFSAに入らないとダメだ」と言われてしまった。

すでに夕方で風も出てきて冷え込んできた。FSAの連中は焚き火の周りに座って暖をとっている。火に手をかざしたり、両手をこすりあわせたりして寒さをしのいでいる。これ以上先へ進むことはできないので、出されたお茶を飲みながら記念撮影をすることにした。

すると爆音が響いてきた。ジェット機が飛んでいる音だ。FSAの連中は慌ただしく立ち上がり、建物の陰から上空を見上げる。政府軍のミグ戦闘機が飛来しているようだ。FSAの一人が「アッラーフ・アクバル（神は偉大なり）！」と叫ぶ。しかし、爆音はかなり大きいものの、どこを飛んでいるのか、なかなか見つからない。

どこやー、と探していると、FSAの連中がなにか声を上げている。よく見ると遥か彼方の上空に2本の白煙の筋が引かれていた。思わず俺も「おお、アッラーフ・アクバル！」と声を上げてしまった。しばらくして爆音が聞こえてきた。ミグがミサイルを発射したのだろうか。戦闘機の姿も肉眼で見えたようだったが、ものすごい速さで飛んでおり、カメラに収めることはできなかった。

FSAの2人が並んで礼拝を始めた。すでに夕暮れの時間になっていた。時計を見ると午後4時を回っていた。兄貴が「トシ、家に行こう。お腹がすいたよ」と言う。今日はここまでにして、兄貴の家に行くことにした。

今夜は兄貴の家にホームステイだ。兄貴と奥さんに、子どもが男の子1人、女の子が3人の6人家族だ。奥さんが手料理を振る舞ってくれた。薄い円形のホブスと言われるパンと、ヨーグルト、スクランブルエッグ、トマトペーストの豆入りスープなどかなりの品数だ。自分が気に入ったのは唐辛子みたいに長いピーマンだ。これに塩を付けて食べる。癖がなくて食べやすい。日頃、カップラーメンとマヨネーズかけご飯しか食べていない自分には貴重なビタミンだ。

しばらく子どもたちと絵を描いたりオモチャで遊んだりする。すると、俺のカメラに興味を持ちだして「貸して」と言うので、データが消えないようにメモリーカードを抜いて貸してあげた。子どもたちはでかいカメラに大はしゃぎだ。

タバコをふかしながら日本から持ってきた焼酎をチビチビやって、酔いが回り始めたころに兄貴がやってきて「隣に親がいるから行かないか?」と言った。まだ時間も早いのでおじゃますると、親戚が10人近く集まっていた。ここでもまたお茶を飲み、ひまわりの種を一つひとつかじって殻を割って食べながら、おじいさんの話を聞く。

少し前にNHKの記者が来ていたらしく、お土産にソニーの短波ラジオをもらったらしい。それが気に入っているとかいろいろ話していたが、酔いのせいもあって眠くなってきたので「ごめん、眠いから帰るよ」と、おいとまさせてもらった。お茶でしゃべり続ける宴はまだまだ続きそうだった。

兄貴の家に戻ると寝床の用意をしてくれていた。横になるとどっと疲れが出てきたようだった。明日はいよいよアレッポだ。目をつむっていたら、いつの間にか眠っていた。

戦場に現れたツーリスト

２０１２年12月25日、朝７時に起きた俺は居候した家の周りを散歩した。このあたりは戦闘による被害はないが、いつ空爆されるかわからない。

近所には給水場があった。シリアの水はうまい。前に行ったカンボジアで生水を飲んだときは１週間、腹をやられたが、ここでは生水でも心配なさそうだ。

通りを歩いているとたびたび「中国人だ」と間違われ、そのつど「日本人だよ」と訂正する。家の前に座ってお茶を飲んでいるおじさんに１杯ごちそうになる。適当な英語で会話していると、どうも中国を嫌っているらしい。中国はシリアのアサド政権を支持しており、国連安全保障理事会でシリアへの制裁を決議しようとすると必ずロシアとともに反対に回るからだろう。

――日本人でよかった。中国人やったら間違いなく嫌われてるな。

と思いながら適当なところで「シュクラン（ありがとう）」とアラビア語で挨拶して話を切り上げる。

兄貴の家に帰ると、朝食の用意がしてあった。パンとチーズ、オリーブオイルの入った器と、香辛料の器がある。パンをちぎってまずオリーブオイルをつけてから、香辛料をくっつけて口に入れる。辛さはないがカレーふうの香りがしてうまい。トマトときゅうりをスライスしたサラダもあった。マヨラーの俺としてはマヨネーズが欲しいところだが、こちらでは塩をつけて食べるみたいだ。豆を炊いたものとヨーグルトも出てきた。

こちらでは基本的に手で食べるのだが、パンを小さくちぎっておかずを挟むようにして食べるのにはテクニックがいる。片手でつまむように折りたたみ、スプーンのようにしておかずをすくい取るのがコツだ。

おいしくご飯をいただいて、いよいよアレッポに向けて出発だ。兄貴の家の子どもたちが見送りをしてくれた。シリアの女の子は美人が多い。子どもたちかわいかったわー。

兄貴の英語に適当にあいづちを打ちながらアレッポへ車で向かう。道中、あちこちにFSAの検問があるが、兄貴もメンバーだから何の問題もなく通過できる。

アレッポへの途中、FSAが占拠しているシリア陸軍学校があるというので「兄貴、見たいよ！」とお願いした。全面落書きされたシリアの国旗が飾られた門の前にはFSA5人が番をしていた。兄貴が話をつけてくれたので中に入ってみる。

門からはるか遠くまで一直線に延びる並木道の両側はグラウンドなどになっていて、いかにも軍人養成学校という感じがする。交差点にはバッシャール・アル＝アサド現大統領の父親であるハーフェズ・アル＝アサドの肖像画があるが、射撃練習の的になっているようで、目や鼻、口は欠けていた。よっぽどアサドの独裁に怒っているんだな、と感じさせる。

その先には戦車が停まっているのが見えた。それ以上先へは行くなと言われたのでしかたなくズームで撮影する。最初にアザーズで見た戦車はすでに朽ちていたが、これは違うようだ。乗ってみてえな、まじカッコイイ、と思って撮影していると「帰ってこい」と兄貴に催促された。結局、門から50メートルほどしか中には入らせてもらえなかった。

アレッポの市街地に入ると、いたるところに高さ2メートル近い盛土で通りの一部がふさがれたところがあった。戦車止めの盛土だ。そのたびに車は右に左にジグザグ運転をして盛土の間を通り抜ける。ゴミの大きな山がある交差点もあった。盛土に加えて道をふさぐようにバスが2台並べられていた。バリケードがあることを考えると、その先は政府軍が支配している地域なのかもしれない。

アレッポの市街地に入って驚いたのは車と人の多さだ。「本当にこの街で内戦をしてるんか、それにしては平和な感じがするな」というのが最初の実感だった。そんな中で道路脇に1台の救急車が放置されているのを見つけて車を止めてもらった。前、横、後ろ全部に実弾を撃ち込

アレッポ市内の市場。思った以上に色とりどりの野菜が並んでいる＝2012年12月25日

まれて穴だらけになっている。車の中を見ると、シートには血が付いていた。

——人を救う車もシリアでは関係ないんか。ま、アサドは無差別やからな。

驚きはなく、なぜか納得してしまった。

「トシ、着いたぞ」と車を止めた兄貴が言ったが、特にこれといった建物はない。車を降りて兄貴についていくと、ごく普通の5階建てのアパートに入っていった。階段を上って2階の部屋に通されると、中に4人いたので取りあえずあいさつをしたが、みな愛想がなくパソコンをいじってインターネットに夢中になっている。

兄貴にプレスセンターのマネジャー、アブドラを紹介してもらった。ホテルは開いていないのでここに泊めてもらうことになる。1泊25ドルで、取材のコーディネートを仕事にしているフィクサーのヨセフには、ガイド代が1日50ドルだと言われる。

——シリアは物価が上がったなー。とりあえずここまで来れたけど金はそんなにないし、これからどうするか。

そう思いつつ自己紹介をする。すでに取材の拠点としていたロイター通信のシリア人カメラマンのムザファム、FSAのメディア担当であるシリア人のアレフ、あと1人女性のカメラマンがいた。

自己紹介をすると、ムザファムに「トシ、お前はどこのプレスだ?」と聞かれたので、「いやー、実はプレスと違うんや。俺はツーリストやで」と正直に打ち明けた。冗談だと思ったのかムザファムもアレフも笑っていた。

パン屋の行列とこびりついた肉片

プレスセンターに着いたもののすることもないので、自分のパソコンを取り出してネットにつなぎ、適当に日本のニュースなどを見ていた。「ここはネットをしながら少しみんなの様子を見るか。ここは戦場やからそのうちみんな動くやろ」という腹づもりだった。

すると、ロイターのムザファムが防弾チョッキを出してきた。「どこに行くの?」と聞くと、「写真を撮りに行くよ。パン屋と市場、それにフロントライン(前線)に行くんだよ」と言う。「俺も行きたいけどいい?」と頼むと、防弾チョッキを身につけながら「ノープロブレム」と言ってくれた。「フロントライン」という言葉にすごく興奮した。

ムザファムは防弾ヘルメットまで着けている。「それ何キロあるの?」「チョッキが10キロでヘルメットが2キロだよ。チョッキにはセラミックの板が入っている。とても重いけど、自分の命を守るためにはしかたないさ」と真剣な顔で言った。

FSAメディア担当のアレフの運転でまずパン屋へ向かう。錆びた大きなシャッターの下りたビルの前に数十人の女性や子どもが集まっていた。ここではパンは作っておらず、ほかの場所で作ったものをトラックで運んできて売っているのだそうだ。迷彩柄のベストを着て拳銃と大きなナイフを腰に吊るしたＦＳＡのメンバーが高い場所に上って手渡しをしている。直径40～50センチの薄いホブスと言われるパン10枚ほどを一束にして、むき出しのまま手渡している。シリアではこれが主食だ。冷えると硬くなるが、俺も口に合わなくはない。

それにしても、集まった人々のパワーがすごい。日本のように列をつくることなく、ＦＳＡの男がパンの束を差し出すと奪い合うように手を伸ばす。これが手に入らなければご飯がないのだから必死だ。

政府軍は、そんな女性や子どもたちの集まる場所を狙って空爆を仕掛けてくる。8月にはこうした人々でごった返すパン屋が空爆されて、数十人が死亡したという。

最初は撮影はダメだと言われて車の中からこっそり撮っていたが、アレフが人々と話をしたら撮ってもよいということになった。ざわっとした雑踏になっているパン屋の前の様子をビデオで撮影した。ムザファムやアレフは遠巻きに写真撮影している。何ごとか、とこちらを見る女性たちの顔は真剣そのものであまり笑顔はなかった。

次に向かったのは青空市場だ。大きな通りの両側に屋台が並んでいる。キャベツやレタスのような葉ものや、ジャ

市民にパンを無料で配給する反政府側武装組織「自由シリア軍」のメンバー＝2012年12月25日

ガイモやカブ、ニンジンなどの根菜、ナスやトマトのほか、オレンジやバナナなどの果物、肉や魚など食べ物は豊富にあるように見える。「どこから入ってくるんやろ」と不思議だったが、そういえばトルコの国境ではシリアに入るトラックが長い列をつくっていたことを思い出した。

ガスがないからか、薪も山になって売られている。あとで目撃したが、公園では松の木を切っている人たちがいた。子どもたちも松ぼっくりや木の枝を拾っていた。お金がない人たちはそうやって燃料を確保するしかない。

露店を撮影していると、「トーキョー? トーキョー?」とおじさんが聞いてきた。「オーサカ、オーサカ」と答えると、大阪は知らないようで「コリア（韓国）?」とたずねるので、「ジャパン、ジャパン」と言うと嬉しそうな顔をしてくれた。緑と白地に赤い星3つ、黒の反政府側の旗を広げてみせる人もいた。

通りには親子連れなども大勢歩いており、車の通行量も多い。雑貨屋など開いている店もところどころあって、やはり内戦中の街とは思えない賑やかさだ。しかし、次に向かうのはフロントラインだという。ごく普通の街に来ただけのようだったが、それを聞いて少し興奮してきた。

商店街に入るあたりで車を止めた。ここからは歩きらしい。アレフが近くにいたＦＳＡに話をしている。この人に前線に連れていってもらうようだ。ロシア製のドラグノフ狙撃銃らしき銃を持った、ジーンズにスニーカーの若い男だ。とりあえず彼について、メディアセンターの仲間と、ずっと護衛としてついてきてくれているAK－47を持ったFSAの男といっしょに、市街地の中を歩いていく。

　パパパパン、パパパパン、とどこかから銃の掃射音が聞こえてきたが、まだ距離があるようだ。幅5メートル程度の石畳の路地は、雑貨屋や八百屋などもところどころ開いており、女性や子どもたちも特に怖がることもなく普通に歩いている。ビデオカメラを回しながら進んでいると、子どもたちが笑顔で寄ってくる。戦闘の音が聞こえるような場所でも、離れていれば普通に生活しているようだ。

　しかし、市街地を進んでいくうちに両側の店のほとんどがシャッターや扉を閉めているようになり、人通りもまばらになってきた。迫撃砲弾が当たったのか、屋根のあたりを指さしている人たちがいた。前線はまだ遠いようだ。かなり離れた場所ではあるが、すでに街は街らしい姿を失っているように見える。

　途中、人が撃たれて死んだという連絡が無線に入ったのでそちらへ向かう。市街地を抜けて広い通りに面した緑地のような場所に出た。ナツメヤシの木が点々と植わっているだけで、通りの向こう側の200メートルほど先の市街地まで非常に見通しがよい。

　ここで、ドラグノフを持った男がスコープで先の様子をうかがった。「ここで待ってろ」と言って、やや身を屈め、ナツメヤシの木の陰に隠れるようにしながら緑地を抜けていく。一番向こうの木の陰から改めてスコープで観察し、こちらを振り向いて手招きした。彼に従って緑地の向こう側に見える民家の前へ向かう。

民家の玄関前の石畳にぶちまけたような血の跡が広がっていた。赤黒いがまだ鮮やかな色をして、べっとりと地面にこびりついている。まだ新しい、なんとも言えない生臭い臭いが漂っている。俺は思わず「おお、ブラッド（血）。オーマイゴッド」と声を漏らした。

俺は、FSAの男がスコープで覗いていた方向と、血のりの跡から、どのあたりに銃弾が来たのかを考えていた。すると、すぐそばの建物の壁に垂れ下がった電線に肉片がこびりついているのに気づいた。

親戚なのか、透明のビニール袋を持った1人の老人が飛び散った肉片を長いトングを使って集めていた。我々がカメラを向けると、肉片の見える袋を掲げるようにしながら、バッシャール・アサド大統領を厳しい口調で批判した。激しい怒りを込めた声が、人通りのない辺り一帯に響き渡った。

いきなりの最前線

今度は旧市街地へ向かう。幅5メートル程度に狭まってきた石畳の路地に人々の姿はなく、両側の商店はことごとくシャッターを下ろしている。焼け焦げて錆びついた、ねじれてシャーシだけになった自動車の残骸が転がっていた。あたりのシャッターには無数の小さな穴が空いている。通りの両側には瓦礫やゴミが散乱していて、すっかり廃墟のようになってしまっている。

　ときどき「ガガーン」と銃声のような音が響く。ＦＳＡの男の動きが変わってきた。壊れた自動車の陰で待つよう俺たちに指示して、通りをふさぐように山になった瓦礫の手前でドラグノフのスコープを覗いてその先の様子を窺っている。当然、その先は政府軍側の支配地域になっているのだろう。その姿をロイターのムザファムらは車の陰から撮影している。

　空爆か何かで破壊されたのか、瓦礫の山の右手にある2階建てくらいの建物は上部が大きくえぐれていて、畳を数枚並べたくらいの大きさの、厚さ30センチ近くはありそうなコンクリートの板が、壁に寄りかかるように地面に転がっていた。まるで建物の壁か屋根がそのまま落下したかのような、瓦礫というには大きすぎる塊だ。

　ＦＳＡの男が銃をおろして手招きし、身体をかがめるよう身振りで指示した。瓦礫の山の手前から通りを右に折れるようだ。通りの向こう側から見てコンクリートの板の陰になる壁際に寄って男のいるところまで進む。あたりに人が住んでいる気配はなく、破壊された建物の破片が砂のようになって地面に積もっている。

　旧市街地の市場に入った。アーケードのある薄暗い市場は、幅3メートル程度の路地が網の目のように広がっている。店はみな閉まっていて、我々の歩く足音だけが響いている。

　そこへ赤い鉢巻をした反政府側の戦闘員が姿を見せた。案内のＦＳＡの男と何か話している。

いっしょに行動している女性のカメラマンが英語で「ちょうどいま攻撃されているんだって」と説明してくれた。

灯りもなく暗いアーケードの中に入っていくと、お揃いの赤い鉢巻をした反政府側戦闘員の10人ほどの一団がいた。彼らが持っている、見たこともない大きな機関銃に驚いた。弾がでかい。当たったら身体が半分になってしまいそうだ。あとで分かったが、恐らくＰＫＭという汎用機関銃だろう。シリアではＰＫＣと呼ばれている。ロケットランチャーＲＰＧ－７の弾頭を背負っている戦闘員もいる。

「ズガーン」と大きな爆発音が聞こえる。かなり近いような気がする。ものすごい銃声がし始めた。まるで中国の春節（旧正月）の爆竹のようなパンパンという軽い音から、ガンガンという重低音までいくつもの音が折り重なって、さらに激しくなっていく。まさに俺が来たかった戦場だ。

鉢巻の一団が音のする方向へ狭い路地を進んでいく。案内の男が合図をするのでついていこうとしたが、鉢巻の連中に止められた。ついていっていいのかダメなのかよく分からない。俺はこの間、ずっと動画を撮影していたが、「やめろ」と言うのでしかたなくカメラを反対側へ向けた。「シリア人と日本人の記者だ」などと案内の男が説明しているのが聞こえたが、結局、全員で引き返すことになった。「なんだよー！」と俺は思わず不満の声をあげた。

アーケードを逆方向へ戻っていく間も激しい銃撃音が続いている。ロイターのムザファムは、案内の男の前をさっさと歩いていく。俺は何度も後ろを振り返りながらしぶしぶついていった。振り向いてももう鉢巻の連中の姿は見えない。誰もいないアーケードの市場に銃撃音だけが響いている。

見るからに不満げな俺をムザファムが手招きしている。市場の中まで入らずに待っていた女性カメラマンと、2人して「ここは安全じゃない」「ここは安全じゃない」と二度も言った。「なんだよ！　他の奴はいいって言ってたやんか。俺は迫力のあるシーンが撮りたいんや」と言い返したかったが、そういう英語力もなく、仕方なく従った。

路地を左側に折れると、そこにも赤鉢巻の男たちがいた。その先の曲がり角から案内の男が狙撃銃を構えて様子を見ている。その先に政府軍がいるようだ。この間も銃撃の音は激しさを増し、その中に混じって「アッラーフ・アクバル！」と何度も叫ぶ声が聞こえてきた。自分たちを鼓舞しているのだろうか。俺のそばにいる赤鉢巻の男も、声を返すかのように「アッラーフ・アクバル！」と叫んだ。

鉢巻たちと何やら話していた案内の男は、突然振り向いて小走りになり、すぐそばの建物の階段を駆け上がり始めた。俺も慌てて追いかける。狭くて急な階段を焦って駆け上がったのでつまずいてカメラを落としそうになってしまった。

2階まで駆け上がった案内の男は、さらに3階へと今度は慎重に上っていく。すぐに続いていくと、何かのシートのロールが山積みにされている倉庫のような部屋があり、壁の真ん中の腰くらいの高さに1カ所、15センチ四方ほどの穴が空けられていた。

案内の男はそこからドラグノフの先を突き出し、狙撃の態勢に入ったが、角度が悪いらしい。そこにいた戦闘員の男から棒を受け取って、穴の下側の縁を突いてさらに穴を広げた。ムザファムはすでにそこにいてその様子を撮影している。

男はその広げた穴の下縁にドラグノフの銃身を載せ、狙いを定めてガーンと発砲した。穴の縁から壁の粉が舞うのを息で吹いて飛ばす。再び構えて2発目を撃った。薬莢が室内に飛ぶ。しばらく穴の先の様子を見ていた男は、そのすぐ後ろで撮影していた俺のほうへ振り向いて「よし」と言って手招きをした。俺も「イエス」とすぐに答えて彼のそばに寄る。

「あれを見ろ」と彼が指をさす穴の先を見ると、いくつもの建物の向こう側に、装飾の施された高い塔が立っているのが見えた。イスラム教のモスクに立つ尖塔のようだ。

「おお、タワー？　タワー？」と俺は聞いたが通じたのかどうか。穴の中からビデオカメラでその先の様子を見る。なかなか焦点が合わないが、何度か寄ったり引いたりしているうちにうまくとらえることができた。

「あのタワー？」と聞くと、「ズーム、ズーム」と言うので尖塔の先端に画角を寄せる。尖塔の最上部は四方に向けて展望台のようになっており、こちら側に向いた部分には土嚢が積み重ねてあるのが見える。尖塔の壁には無数の弾痕が刻まれている。土嚢のあたりにまでズームさせてみると、彼は「イエス！　イエス！」とカメラの画面を覗きこんだ。政府軍の狙撃兵の姿を探しているらしいが、すぐに「十分だ」と言って俺を後ろに戻し、再び壁の前にしゃがみこんでドラグノフを穴から突きだした。この間も折り重なるような銃撃音が周囲から絶え間なく響いている。

男が1発、2発と発砲した。スコープを調整しながらさらに撃つ。飛び出した薬莢がキーンと壁で跳ね返る。「アッラーフ・アクバル、アッラーフ・アクバル」などと声を出しながら、さらに狙撃を続ける。

俺は夢中で撮影を続けた。気が付くとさっきまでいたムザファムがいない。「あれ、どこ行ったんや。あいつ逃げたな！　さっきビビってたもんな」と思いながらさらにカメラを回す。カチン、カチン、と空撃ちしたところで男は弾を撃ち尽くしたことに気づき、弾倉を差し替える。さらにスコープを調整しながら4発。そこで「十分だ」と言って構えを解いた。

さきほどの階段を降りてその建物から移動する。中庭のようになった場所に出ると、目の前の建物の向こう側に黒煙が激しく上がっているのが見えた。RPG－7が着弾したのだろうか。どこからかズーン、ズーンと爆発音が響く。案内の男はそこで思いついたのか、首から下げていたマフラーを俺の顔に巻いた。初めての戦場でよく分からなかったが、たぶん、顔を見られてさっきのように追い返されないようにするためだろう。

案内の男に従って、黒煙の見える方向へまず建物の1階の抜け道を通り、その先の店の裏口のようなところへ入っていく。シーツのような大きな布のロールが部屋いっぱいに立てかけられている隙間に入っていき、反対側の壁に空けられた穴をくぐり抜ける。カメラを3台かつぎ、腰をかがめて歩き進むうちに息が上がってきた。暗い部屋を通りすぎてさらに壁の穴をくぐると、店の表口らしいガラス戸の玄関を通って広場に出てきた。

まるで生き物のように波打ちながら湧き上がる黒煙の発生源は、広場に面した建物のさらに向こう側のようだ。「RPG？」と聞くと、男は「ノー、ノー」と言って自分の左胸に吊るしている手榴弾を指さした。

広場に面した外階段を上って2階に上がると、ズーン、と爆発音がした。いっしょにいた戦闘員が「空爆だ」と言う。「イエス。イエス、イエス、イエス」と俺も返事をしながら、建物の奥へ進む案内の男を追う。

暗闇の中を再び壁の穴を通って抜けていく。男が「アッサラーム・アライクム（こんにちは）」とイスラム式のあいさつをしているのが聞こえた。穴の縁を乗り越えて反対側の部屋にはあはあ息を切らしながら降り立つと、暗がりの中に赤鉢巻をした3人がいた。1人は反対側の壁の穴から外をうかがっている。案内の男が「記者が来たよ」と紹介してくれて、俺は鉢巻の男たちと握手をし、チュパチュパと頰を合わせるあいさつをした。追い返されずにすみそうだ。

部屋からさらに奥へと通路が続いているが、外廊下になっていて政府軍側から見えるようだ。外側に腰ほどの高さまでブロックを積み上げて目隠しにしている。そこへ黒い目出し帽を被った男が、向こう側から腰をかがめながら外廊下を通ってこちらの部屋に入ってきた。案内の男は「俺を見ていろよ」と言って同じようにお手本を見せて向こう側へ行く。俺も「シューティング（撃ってくるで）、シューティング」とつぶやきながらすぐに続いた。

反対側の部屋は、壁はすすだらけ、床には瓦礫、ねじ曲がった窓枠などが散乱していた。一度焼けたかのように見えるこちら側の部屋は、すっかり廃墟のようになってしまっている。そこにいた男が「中国人？」と聞き、案内の男が「いやいや、日本人」と答えている。

この部屋の窓から、黒煙を噴き出す建物が目の前にあるのが見えた。やっと辿り着いたようだ。屋根の付近に3カ所ほど空いた穴から、まるで3匹の竜かなにかのように黒煙が上がっている。

俺が窓際から夢中になって撮影していると、「ノー、ノー」と案内の男が言った。「この場所はとても危ない。政府軍の戦闘機が飛んでいるから」と説明してくれたその直後に、シューッと空気を切り裂くような音とダーン、ダーンと2発の着弾音が聞こえた。かなり近い。

黒煙を吐く建物の側へと階段を降りていく赤鉢巻の男についていくと、その建物の中に入ることができた。2階部分に上がってみると、手前の部屋のさらに奥の部屋が完全に炎に包まれていた。ものすごい熱だ。部屋の入り口からこちら側にまで炎が噴き出している。俺の口からなぜか「アッラーフ・アクバル。アッラーフ・アクバル」という言葉が出てきた。

「よし行け！」と言われて部屋へ突入し、全焼している部屋の手前の部屋から右に入り、隣の部屋に滑り込んだ。そこには2人の赤鉢巻がいて窓の外にAK－47を向けていた。俺がすぐ後ろでカメラを構えていると、外に向かってガンガンと撃ち始めた。付近からも腹に響くような発砲音が轟いている。

さらに隣の部屋へ行ってみると、そこにも戦闘員が2人いた。印刷用の紙のロールのような大きな円筒形の物体が部屋中に積まれている中で、窓ガラスを取り外す作業をしている。銃撃のための場所づくりをしているようだ。

「ここは最前線です」

ビデオカメラを回しながら俺は言った。作業中の戦闘員が何ごとか、と振り向いた。

「ここが一番の最前線……」

もう一度言う俺の声をかき消すように銃撃音が響く。

「ここがフロントラインになります」

さらに言う俺の目の前で戦闘員が発砲した。作業を続ける彼らの真後ろで俺もカメラを構え続ける。

「行こう」と言いに来た案内の男に従って、また炎の部屋の前を通って外に向かう。名残を惜しむかのように思わず振り向いて炎を撮影してから外へ出た。ふう、と息をつき、激しく鳴り響く戦闘音を背後に聞きながら最前線を後にした。

来た道を通って、壁の穴を抜けながらもとの場所へ戻る。黒煙を最初に見た広場へ来たところで案内の男が振り返り、「あの場所は熱い場所だったな」と言った。「ああ」と答えて俺も振り返った。

路地を抜けて、最初に追い返されたアーケードの市場へ入る手前の場所に戻った。戦闘員20人ほどが集まっていた。いくつも椅子が置かれ、石油ストーブまであるところをみると、彼らのたまり場になっているようだ。

いつの間にか姿が見えなくなっていたムザファムやアレフ、女性カメラマンらもそこにいた。彼らのところへ行ってカメラを向けると、どこかよそよそしいような笑顔を見せた。

「多分俺のことバカだと思ってるんだな！　当たりだよ。俺は少し狂ってるんだよ」と思ったが、自分自身は充実感でいっぱいだった。まさか本当に最前線に来られるとは思っていなかった。

あとで分かったことだが、最前線で見た尖塔はアレッポでも最大最古の有名なグレート・モスクのミナレットだった。世界遺産に登録されているこのモスクは8世紀の建築で、ミナレットは１０９０年に建てられたという。

２０１２年10月ごろから付近での戦闘が激化し、地理的に重要な場所にあることから政府軍は基地として使用していた。このモスクを巡っての攻防が続き、２０１３年４月には反政府側が占拠したが、ミナレットは完全に崩壊した。政府側、反政府側ともに相手側が破壊したとして非難している。

この時は気付かなかったが、人類の遺産が内戦によって傷つけられているまさにその瞬間を俺は目撃していたことになる。

英語なしでもなんとかなるで

車に乗ってプレスセンターに戻ってくると、他のみんなはすぐインターネットをやりだした。俺もすることがないのでネットにつないで日本のニュースを眺めていたが、すぐ飽きてしまった。まだ午後4時ごろで明るい。1人で外に出ることにした。

プレスセンターの並びにＦＳＡの詰め所があり、その前の道端で何人かが椅子に座ってお茶を飲んでいた。

「こんにちは」と挨拶する。「どこから来た？」「日本だよ」「そうか、座れよ。お茶でも飲むか？」「いただきます」となんとなくの英語でやりとりして座らせてもらう。

お茶を持ってきてくれたのはまだ15歳のムハンマド少年だ。彼の両親は政府軍に撃たれて殺されたという。お互いに言葉が通じないので、このときはただ可哀想な少年だ、というくらいにしか思っていなかったが、実は頼りになる男だということが後に分かるのだ。

プレスセンターの前に大きな機関銃を積んだピックアップトラックが停められていて、着いたときからずっと気になっていた。

「あの銃を見せてよ」と言ってビデオカメラを回しながらトラックに近づくと、「いいぞ」と言って1人が荷台に乗って重機関銃の向きを変えて構えてくれた。詰め所のおじさんが、「これはドシュカ、じゃなくて14・5ミリ砲で……」と説明してくれる。ドシュカはロシア製の口径12・7ミリの重機関銃で、さらに大きい14・5ミリ砲というのはロシア製の対空・対軽装甲車のKPV重機関銃のことだ。

「おおー」と感動しながら荷台に乗せてもらうと、おじさんはまだ「これでバッシャール・アサドを……」というような説明を続けているので、俺も「ゲット・アウト（失せろ）、バッシャール・アサド。ゲット・アウト、ゲット・アウト」と適当な英語で話を合わせる。

荷台に乗っている横の男にビデオカメラを持ってもらい、重機関銃を構えているポーズを撮ってもらった。俺は狩猟が趣味なのでライフル銃を持っているが、こんなに大きい銃を触るのは初めてだ。「いやー、ベリーナイス」とお礼を言ってカメラを返してもらう。

そこにいた若い連中になんとなく並んでもらってビデオで記念撮影をすることになった。おじさんが「バッシャー

ピックアップトラックの荷台に据え付けられた14.5ミリKPV重機関銃＝2012年12月25日

ルやっつけろ〜」というような歌を自分で手拍子をしながら楽しそうに歌い出し、みんな笑顔になった。

さっきの前線で兵士たちが言っていた「アッラーフ・アクバル」と言うと、みんなもそれを返す。「アッラーフ・アクバル」を唱えることを意味する「タクビール」という言葉をおじさんが叫ぶと、またみんなで「アッラーフ・アクバル」と声を合わせた。全員ピースサインを出して嬉しそうだ。「ビデオ、ビデオ」とおじさんが言うので、「ビデオ、ビデオ。イエス」と俺も答える。

イスラム教のことはさっぱり分からないが、「アッラーフ・アクバル」「タクビール」と言えば彼らとひとつになれるんだな、ということがよく分かった。みんな優しくて、俺の下手くそな、なんちゃって英語のジョークでも笑ってくれた。

——英語ができなくてもなんとかなるな。

このとき確信した。

プレスセンターに戻ると、相変わらずみんな黙々とパソコンを触っている。フェイスブックでチャットをしているようだ。

腹が減った。そういえば今日は朝食べたきりでその後なにも食べていない。

「アレフ、腹が減ったよ」と、チャットをしているFSAのメディア担当者アレフにねだると、「サンドイッチでいいか」と言うのでみんなで近くの屋台に買いに行った。俺はサンドイッチと缶コーラ、タバコを買い、部屋に戻ってさっそく食べた。サンドイッチはつぶしたひよこ豆のフライに野菜が入っていて、ソースをかけたものだ。俺には味はいまいちで、マヨネーズかけたらうまいのにな、と思いながらも完食した。

食後は日本から持ってきた焼酎をちびちびと飲む。夜になるとお客さんが次々にやってきた。

「トシ、何飲んでるんだ？」

「日本の水だよ」

「貸してみろよ！　本当はウイスキーだろ！」

紙パックに入った焼酎をわたすと、みんなで匂いをかぎ始めた。

「飲んでみる？」

「飲まないよ。頭がくらくらするだろ」

などとワイワイやっていると、フィクサーのヨセフがやってきた。

「トシ、その水をヨセフに飲ませてやれよ」

ヨセフは何のためらいもなくゴクッと一口飲んでまずそうな顔をした。それを見てみんな大爆笑した。紙パックには英語でもいろいろ書いてあるので、みんなでそれを読んでまたワイワイ始まった。

――２０１１年にシリアに来たときはシリア人も飲んでたけど、みんな飲まないんやな。

そう思いながら俺はちびちびと飲み続ける。夜もふけて0時近くになった。お客さんはほとんど帰って、プレスセンターのみんなは相変わらず黙々とネットをやっている。

——あー、今日は疲れたな。

俺は適当に空いているベッドに潜り込んで眠りについた。

腸が飛び出した空爆被害者

2012年12月26日、朝の8時ごろに目が覚めたが、遅くまでネットをやっていたほかの連中はまだ寝ている。腹が減った。そうや、昨日のサンドイッチを買いに行こう。まずは腹ごしらえやで、と1人で歩いていったが、店はまだ閉まっていた。

「どこから来た？　名前は？」と路地の角にいるFSA戦闘員に声をかけられた。

「日本から来た。名前はトシやで」

あたりを適当に歩いてみたが、食いもの屋はない。しかたなくプレスセンターに戻ると、隣のFSAの詰め所の連中に「トシ」と呼ばれた。

「トシ、来いよ」

「サンドイッチ屋さん行ったんだけど、閉まってたんだ。腹が減ったよ」

「じゃあ飯を食うか」

「いいの！　ありがとう！」

詰め所の中に通されて座っていると、昨日知り合ったムハンマド少年が食事をお盆に載せて持ってきてくれた。パンとヨーグルト、オリーブオイル、豆の煮物。甘いお茶で流し込みながら腹いっぱいいただいた。プレスセンターにはテレビがないので、ここでカタールの衛星放送アル＝ジャジーラを見ながら横になって過ごす。

気が付くと10時になっていた。「ムハンマド、ありがとう」と言うと、彼はにこにこと笑った。

プレスセンターに戻ったがもう誰もいなかった。マネジャーのアブドラだけがいてまだ寝ていた。みんなどこへ行ったんや。呆然とした。とにかくアレッポの街は広く、車がなければ移動はできない。置いていかれたらどこにも行けなくなってしまう。することもないのでパソコンで映画を見ていたら、アブドラが起きてきた。

「みんなどこへ行ったん？」

「学校に行くって言ってた」

「俺もどこかに行きたいよ」

「分かったよ。用意をするから少し待ってくれ」

数分後には準備もできていざ車に乗ろうとしたが、タイヤの空気が足りないのに気づいた。

「空気がないよ」と言ってアブドラが降りてきてタイヤを蹴った。

「今日は戦闘をやっているところに行きたいよ」

「分かった。トシ、行くぞ」

まずは自動車修理屋に行って空気を入れてもらい、街へと繰り出した。アブドラは無線を聞いているが、今日はどこも戦闘がなく静かなようだ。「今日は行くところがない」と言う。しばらく街なかを車でうろうろしたが無線からは何も情報が入ってこない。アブドラはFSAがたむろしている場所に車を停め、「ここで待っているから、適当に見てこいよ」と俺だけを車から降ろした。

しかたがないので近くのFSAに「こんにちは」と声をかけると、いつものように「どこから来た？　名前は？」と聞かれ、「日本から来た。名前はトシやで」と答える。ビデオカメラを向けていると、「アサドは豚だ」などと悪口を言った彼らは、「タクビール！」「アッラーフ・アクバル！」「タクビール！」「アッラーフ・アクバル！」と楽しそうに気勢を上げた。

この辺りを見せてやるよ、というような身振りをして手招きをするのでついていく。アレッポの外れの住宅地なのか、通りは舗装されておらず、ゴミの収集がされていないのか道端に山になっている。平屋の民家がならんでいるが、中心地と比べるとどことなく粗末な印象だ。

しばらく歩くと、空爆で破壊された民家が何軒もある地域に入った。すでに更地になっている土地もある。その中で破壊されていない家に案内された。

部屋の隅にあるベッドに男性が寝かされている。ごく普通の長袖シャツに長ズボンを穿いているが、両足の甲から上は包帯でぐるぐる巻きにされている。横にいる奥さんが男性のズボンの左足のすそをひざの上までたくしあげ、包帯をほどき始めた。

奥さんが包帯をすべてほどき、足先をつかんで持ち上げた。足の裏からかかとのあたりまで皮膚が焼けただれて血が滲んでいる。そこから膝裏付近までは、皮膚の色とやけどのような黒い色とで斑のようになっており、体液が滲み出ていて張り付いたガーゼの大部分に黄土色のしみをつくっている。

あまりにも痛々しい。俺はビデオカメラを回しながら「ああ……。オーマイゴッド……」と口にするしかなかった。奥さんは、眉根を寄せて、訴えかけるように「空爆でやられて……」とアラビア語で説明しているが、詳しく分からない俺は「オーマイゴッド……」とつぶやくことしかできない。

奥さんは男性の腹の周りを止めているビニールのようなものをほどき、男性の身体を向こう向きにした。おしりの真ん中から腰にかけて大きく焼けただれてピンク色になっており、おしめをとると腸がむき出しになっていてそこから大便が溢れだしていた。「ああ、あ……」と俺は言葉にもならない声を発していた。

奥さんが男性のシャツをめくって背中をむき出しにすると、3つほどの不自然なでっぱりがあった。砲弾の破片が入ったままだという。背中の真ん中には縫い跡があったが、破片の摘出ができないままにひとまず縫い合わせたように見える。

俺は思わず「アッラーフ・アクバル」とつぶやく。案内してくれたFSAの男たちも「アッラーフ・アクバル！　アッラーフ・アクバル！」と声を上げた。

先ほど包帯をほどいた左足のかかとからは血が滲んでぽたぽたと垂れ始めていた。奥さんは涙声になってカメラに向かって何かを必死に訴えかけている。アラビア語は分からないが、この奥さんの気持ちは俺の胸に深く刺さった。後で聞くと、薬もないし、病院にも行けない、と言っていたようだ。

奥さんの感情が高ぶってきたようで、俺はＦＳＡに外へ出るよう促されてこの家を後にした。あまりにも酷い光景を目にして言葉が出なかった。それでも彼は生きようとしている。２０１1年にホムスで死んでいる人は見たが、この男性は生きて苦しんでいるだけにさらに悲惨だった。助かってほしいと思うが俺には何もできない。戦闘場面だけが戦争ではないのだと、改めて実感させられた。

住宅街の中の通りを歩いていると、ちびっ子たちが集まってきた。５人の子は迷彩服を着ている。ちびっ子ＦＳＡの登場だ。大人たちからＡＫ－47を持たされてポーズをとっているので、ビデオで撮影した。大人の「タクビール！」の掛け声に、20人近く集まってきた子どもたちが「アッラーフ・アクバル！」と一斉に声を上げた。

俺たちが歩き出すと子どもたちもついてくるので撮影をしながら歩いていたが、どんどん集まってきて、両手を掲げてピースをして何やら声を上げて、まるでデモのようになってきた。騒ぎを聞きつけたのか、さらに子どもたちが集まってきて、争うようにカメラの前に来て映ろうとする。いつの間にか俺を先頭にして行列のようになっていた。

子どもが好きな俺は、いつもならいっしょになって楽しめる。でも今日はとてもそんな気分にはなれず、鬱陶しい気持ちになってきて、早々に立ち去った。

すっかり街に馴染んだトシ

プレスセンターに帰ってきたところで隣の詰め所のFSAに見つかった。「トシ、来いよ」と言うので面倒だったが仕方なく遊びに行き、お茶をごちそうになる。

しばらく雑談をしてから、お礼に得意のロッキング（ロックダンス）を披露した。激しい動きを急に止めてポーズを決めるのが特徴のストリート系のダンスだ。Hilty & Boschという日本人2人組のダンスユニットが好きで、自分でも真似してそこそこ踊れるようになっていた。これを旅先でやってみせるとウケるのだ。

余興を終えて、詰め所の中で1時間ほどテレビを見

市街地を歩いていたら迷彩服を着たちびっ子FSAが集まってきた＝2012年12月26日

てからプレスセンターに戻ると、シリア人のヤザンとセルターンが待ち構えていた。彼らはプレスセンターのスタッフだ。

「トシ、1ドルくれたらいいものを見せてやるよ」と言って、ヤザンがパソコンに保存してある動画を開いて見せた。外国人女性がこちらにおしりを向けた場面で止まっている。これは見たい。嫌いじゃない。

「トシ、これはいいぞ」と勧めてくる。しかたなく1ドル渡すと、誰もいない部屋につれていかれて2人で見ることになった。ヤザンが再生ボタンをクリックすると、お姉さんが「うーん、うーん」と言っている。ヤザンと2人でなんだか興奮してきた。次の瞬間、お姉さんが「バッフ」とでかいおならをした。きれいなお姉さんのまさかのおならにヤザンと大爆笑した。

――しかし、まさかのおならで終わりかよ。騙されたわ。よし、セルターンを騙して1ドル取り返してやろう。

こう思いついた俺は、「セルターン、いい動画があるんだけど見ないか。きれいなお姉さんのウハウハのやつだよ。1ドルで見せてやるよ」と声をかけた。

「トシ。カネがないんだよ。友だちだろ。タダで見せろよ」

「ダメだ、1ドルだ」

「お願いだからタダで見せて」

こんなやりとりをして、しばらくして根負けしてタダで見せて2人で爆笑する。こんなことをしている間に取材に行っていたほかの連中もみんな帰ってきた。

部屋でインターネットをしていると、４人組がやってきた。スペインから来たＡＦＰ通信のクルーだ。２階にいる俺たちにあいさつをした彼らは3階に上がっていった。

腹が減ったのでいつものサンドイッチを買いに行くことにした。

「みんな、サンドイッチ買いに行くけど食べるか？　今日は俺がおごるよ！」

「いいのかよ、トシ！」

「任せとけよ」

５人分を買うためにさっそく外に出たが、ＦＳＡの詰め所の連中に見つかった。

「トシ、来いよ」

「今から晩飯を買いに行くんだよ」

「ここで食えよ」

「みんなの分を買うから今日はダメだよ。また明日の朝来るよ」

詰め所の連中をふりきって路地を進むと、武装して警備をしているＦＳＡの男がいる。

「こんにちは」

「やあ！　トシ元気か？」

「元気だよ、今からサンドイッチを買いに行くんだ」

馴染みの連中とこんなやりとりをしながら歩いていく。この街にもだいぶ馴染んできた。

サンドイッチ屋に着いて5つ注文し、作ってもらっている間に目の前のタバコ屋でコーラを買う。

「トシ、今日はタバコはいらないのか」

頻繁にタバコをカートン買いしているので、顔を覚えられたようだ。シリアでは1箱100円くらいで日本よりも安いので、いつも大人買いをしているのだ。

この通りの店はあまり開いていないが、ひと通り顔を出しているので、みんな俺の顔を知っている。歩いていると声をかけてきて、アラビア語なのでぜんぜん分からないのだが、適当に解釈して適当な英語で返事をしてお互いになんとなく分かった気になる。毎日のことなのでこれにも慣れてきた。

シーシャと呼ばれる中東によくある水タバコが香りが良くて好きなので、サンドイッチを買ってから「どこかにシーシャできるところない?」と店で聞いていると、隣の店のおじさんが用意してタダで吸わせてくれた。

――んー、至福の時だ。シリア人はなんて優しいんだ。

感慨にふけりながら水タバコをふかした。

買い物をすませてプレスセンターに戻ると、またFSAの詰め所の連中に見つかった。

「トシ、来いよ」と言うので仕方なく行くと、またお茶が出てきた。こんどは腕相撲をやろうと言い出す。「おいおいマジかよ、疲れてるんだけど」と思ったが、みんなやる気満々なので付き合う。1人目に勝ち、2人目にもどうにか勝ったが、さすがに疲れて3人目で負けると、なぜか連中は大盛り上がりをしている。疲れたんだよ、と思いながら「明日また来るから」と言ってプレスセンターに戻った。

部屋に戻ると暗い。「なんで暗いんだ」と聞くと、「発電機の調子が悪いんだ。いまから修理に持っていくんだよ」とのことだった。みんな暗闇の中でぼーっとしている。

アレッポは電気の供給が不安定で、2日のうち1時間程度しか使えない。FSAの支配地域には政府からの送電が止められているので、ここでは発電機を回して2台の大きなバッテリーに蓄電している。昼間と夕方はこのバッテリーの電力で灯りをつけ、衛星回線を使ってインターネットをしていて、夜になってバッテリーが切れたころに発電機を回し始める。この発電機の調子が悪いということは電気が使えないということだ。

ロウソクもないというので自分で買ってきて、ロウソクの灯りの中でサンドイッチをほおばった。しかし、やはり電気がないと不便だ。充電もできないし、ネットもない。パソコンのバッテリーが残っていたので映画を観ながら焼酎をちびちびやることにした。

1時間ほどして発電機が戻ってきた。しかしなかなか言うことを聞いてくれない。みんなで代わる代わるヒモを引っ張ってどうにかエンジンがかかった。

こうなるとコンセントの奪い合いだ。俺は1つのコンセントに三股コンセントをさして、タコ足配線で全ての電子機器の充電をした。

酔いも回ってきたのでバルコニーに出て焼酎を飲みながら空を見る。星がきれいだった。そこへ遠くの方で空が光り、しばらくして爆発音が聞こえる。昼間会った空爆被害者の姿を思い出した。さっきまでじゃれ合っていた連中の顔も浮かんだ。みな戦場での出来事なんやな、と思う。

しばらくこんな光景を見ているうちに身体が冷えてきたので、部屋に戻る。ストーブに当たっているうちに酔いのせいかかなり眠くなってきた。今日はもうベッドに入って寝ることにした。

夜中に何か寒いなと思って目が覚めた。隣に知らない奴が寝ていて、俺の毛布を取ってかぶっていた。このやろう、と奪い返してまた眠りについた。

なぜか俺を撮っている外国プレス

2012年12月27日、今日も朝早く目が覚めた。みんなまだ寝ている。することがない。

——そうだ、隣のムハンマド少年のところに行こう。誰かいてるやろ。

プレスセンターの階段を降りて外に出た。隣の詰め所の前にタンクローリーが停まっており、人々が群がっている。なんだろうと思ったら、飲料水だ。反政府側の支配地域ではライフラインが止められており、FSAが給水をしているようだ。近所の人々がポリタンクやポリバケツを持ってきて水をもらっている。

これを見て「いまのうちに頭でも洗っておくか」と思いついて、部屋に戻ってシャンプーとタオルを持ってきた。

「この水で頭洗ってもいい？」とムハンマド少年に聞くと、「水で洗うの？　中にシャワーがあるから使っていいよ」と言ってくれた。ボイラーのスイッチを入れてくれたのでさっそく裸になってシャワーを浴び、大事なところを洗う。24日にシリアに入ってから初めてのシャワーで気持ちがいい。ここは中東だが真冬で寒い。温かいシャワーを浴びられるなんてありがたい。

シャワーを終えて部屋に戻ったが誰もいないので外に出ると、みんなで朝食をとっていた。「トシ、お前も食えよ」と言ってくれたので遠慮なくいただく。食べるものは毎回同じで、何の変わりもないが、タダで食べさせてくれるのだから文句はない。「とりあえず腹が減っては、戦はなんとか、というからな」と思いながら、今日は置いてきぼりにならないよう時間を気にしながら腹一杯いただいた。

プレスセンターに戻ると、みんなまだどこにも行っていなかった。しばらくするとロイターのムザファムが取材の用意を始めた。アレフの運転でどこかの前線に向かうらしい。これまでの前線とは違うみたいだ。

車で少し行ったところにある広場に着くと、昨日来たＡＦＰのクルーもいた。俺以外は全員、防弾ヘルメットに防弾チョッキというフル装備だ。きっと自分とこのメディアからの支給なんやろな。ＡＦＰのアントニオはもともと小太りなので、防弾チョッキを着て余計にコロコロして見える。

石畳のくねくねした細い路地をみんなで進んでいく。最初に案内されたのは何の被害も受けていない建物だった。しっかりした古い石積みで、広い中庭がきれいに掃除されている。

そう遠くないあたりから銃声が散発的に響いてくるが、土地勘がないので1人で別行動をとるわけにもいかない。フィクサーのヨセフは、今日はＡＦＰの仕事をしていて、俺とムザファムは勝手についていきているだけだ。最前線が見たい俺は興味がわかなかったが文句は言えない。

――こんな何もない建物を取材してて大丈夫なんか？

などと思いながらＡＦＰの行動を観察する。アントニオがヨセフに英語で質問をしているが、俺は何を言っているのか分からないので適当に周りから彼らを撮影する。あとで調べると、この建物はザキ・モスクという１３００年ごろに建てられた歴史あるモスクだった。

モスクの取材が終わり、市街地をみんなで移動していくと、アーケードの下に10人ほどの外国人記者が集まっていた。みな防弾チョッキを着ているのでひと目で分かる。目の前にはＦＳＡの詰め所があり、すぐ先の交差点は右側へ行く通りが黒い垂れ幕でふさがれている。道幅は10メートル程度だ。右側の通りの先にはスナイパーがいてこちらを狙っているため、目隠しがされている。垂れ幕には無数の小さな穴が空いていた。銃弾が貫通した跡だ。

「どこのプレスだ？」とＡＦＰに聞かれる。

「旅行で来てるんやで。プレスやないんやで」

「アレッポは初めてか？」

「そうそう」

こんな会話をしていたが、俺は黒いスナイパー通りの向こう側が気になってしかたない。みんな何かをしゃべっていて動く気配がないので1人で行ってみることにする。

姿勢を低くして一気に走り抜ける。無事に反対側に行けた。その先の商店街はどの店も閉まっていて、砲撃を受けたのかところどころ街並みが壊れている。まるで廃墟のようだ。どこからか銃声が響いてくるが、人の姿も見えないし、みんなとはぐれてしまうと帰れなくなってしまうので戻ることにした。

せっかくなので垂れ幕の隙間から向こう側をのぞいてみる。目の前に道路標識があったが、ポールから標識まで蜂の巣のように無数の穴が空いていた。道路の真ん中には朽ち果てた2台の自動車がある。建物もあちこちが壊れていて、道路には瓦礫が散乱している。戦闘の激しさが窺える。

またスナイパー通りを走り抜けてみんなと合流したが、今度はAFPが「反対側に行こう」と言い出して、みんなでスナイパー通りを走る。

次に向かったのは博物館だ。キリスト教会のような壁画があり、ピアノが置いてある。古い時代の秤のような器具、ホルマリン漬けの標本なども展示されているが、天井や壁が崩れ落ちたのかガラスが割れ、記録映像と思われるフィルムが散乱しているなど損傷が激しい。みんな写真を撮っているが、俺には内容がよく分からないので興味がわかなかった。どうも後方の取材には熱くなるものがないので、外に出てみんなが取材を終えるのを待った。

市場の狭い路地を進んでいくが、商店はどこも開いていない。ところどころ建物は崩れ、トタンでつくった店のひさしなどは穴だらけだったり、ぐにゃぐにゃに曲がってしまったりしている。路地は瓦礫やゴミだらけだ。

空爆で破壊されたのか瓦礫の山のようになっている場所を通りかかると、AFPのロペスが「トシ、この前で写真を撮ってやるよ」と言う。破壊された建物の前で、カメラの持ち方まで指示されてポーズをとる。

「あとでちょうだいね」

「いいよ。帰ったらあげるよ」

などと言い合いつつ、ポーズを変えながら3カットほど撮られた。

路地が開けて中庭のようにやや広くなっている場所に平屋の建物があり、外壁にFSAの旗がかかっていた。建物の左側にブロックを積み上げた壁があり、その上にも土嚢が置かれて高さ2メートルほどになっている。

こちらの取材陣がカメラを構えると、椅子に座って雑談していたFSAの2人が、土嚢の隙間にAK－47を差し込んだり、頭上に銃を掲げて土嚢の上に出したりして発砲し始めた。しかし、くわえタバコの1人は銃口を向け撃っているが狙っている様子がない。「アッラーフ・アクバル」という掛け声がかかったが、一昨日の前線でのような鬼気迫る感じがない。10発ほど撃ったらのんびりと椅子に戻って座った。

やはり俺らが来たからデモンストレーションのように撃ってくれたんだろうな、と思った。本当の戦闘と違うからいまいち迫力がないのだ。

——最前線に行けた初日のようにはいかないな。毎日情勢が変わるからしかたがないか。昨日は前線に行けなかったし、これでもいいか。なんせみんなの後についていってるだけだからしかたない。自分でタクシー雇うと1日50ドルもかかるからな。

あれこれ考えながらみんなのあとについて歩く。

AFPのアントニオは防弾チョッキの重さで疲れているみたいだった。

「アントニオ、疲れたの」

「重いから疲れるよ」

「疲れるんだったら俺にその防弾チョッキくれよ」

「ダメだよ。撃たれたら死んじゃうよ」

アレッポ市内の最前線に近い廃墟と化した街でカメラを構える筆者＝2012年12月27日

「人はいつか1回は死ぬから問題ないよ」

「冗談はよせよ」

冗談を言っているうちに、乗ってきた車を停めていた場所に戻ってきていた。

近くには銃撃されたバスが2台放置されており、ロペスが「ここの前に立ってくれないか」と言うので、「よいよ」と指示されたとおりのポーズをとる。

——なんでロペスは俺の写真を撮るんかなー。まっ、後でくれるって言ってたからいいか。

気にしないことにしたが、これが後に世界を騒がすことになるとは夢にも思わなかった。

時間はまだ早いが取りあえずプレスセンターに帰るみたいだ。その時、政府軍のミグ戦闘機が上空で2発のミサイルを発射したのが見えた。空港付近の前線を攻撃しているらしい。

——空港は戦闘が激しそうだから行ってみたいな。

こんなことを思いながら帰路についた。

1人で前線に辿り着く

プレスセンターに帰ってきたが、まだ午後2時前で時間も早いので1人で街をうろついていると、ＦＳＡの車がやってきて「写真を撮ってくれよ」と言う。

「いいよ、どこか連れてってくれよ」

「ＯＫ。乗れよ」

彼らの支配している地域に連れていってもらった。５〜６階建てのマンションが並ぶ住宅街だが、そのうちの一棟はロケット弾が着弾し、正面から見て３階の右側の角の部分に直径１メートルほどの穴が空いている。しかし、どの部屋も洗濯物が干してあり、人々はいまも住んでいるようだ。

壁に穴の空いている部屋のベランダに幼稚園児くらいの女の子がいてこちらを見ている。ビデオカメラを持っている俺に気づくと、笑顔で手を振ってくれた。カメラを向けると一生懸命に手を振ってくれている。弟と妹も出てきて３人で手を振っている。シリアの子どもたちは本当にかわいい。

マンションの階段を３階まで上がり、破壊されて瓦礫だらけになった部屋に案内された。外から穴が見えた部屋よりもひどい。３ＬＤＫほどの広さの部屋はロケット弾かなにかが着弾したらしく、外壁が完全に抜けてしまっている。家具もぐちゃぐちゃだ。しかし、どこもこのようなひどい状態で、俺もすっかり見慣れてしまった。

お礼を言ってプレスセンターまで送ってもらったが、まだ明るいのでふらふらと近所を歩いていると、ＦＳＡの戦闘員らが望遠鏡で何かを見ている。幅20メートルほどの片側２車線の大きな通りの先を見ると、地上５階ほどのマンションが延々と連なっている。車の通りはないが、通行人がちらほらおり、子どもの遊ぶ声が響いている。

なんだろう、と見ていると遠くの南の空を何かが横切っていくのが見えた。「政府の飛行機だ」と黒い布を海賊か山賊のように頭に巻いたＦＳＡの１人が教えてくれた。高い建物の陰に隠れるほど低いところを飛んでいる。よく聞くと飛行機が飛んでいる音が聞こえる気がする。望遠で見ると、白い機体に青っぽい柄のついた尾翼が見える。旅客機のようだ。空港周辺は戦闘が激しいと聞いたが、旅客機は飛んでいるようだ。

言葉は通じないがＡＫ－47を担いだＦＳＡの２人が付近を案内してくれるというのでついていく。マンション街が延々と続いているが店はどこも閉まっている。ロケット弾を受けたのか壁に穴が空いて、ガラス窓がすべて割れてしまっているマンションもある。道端には瓦礫が散乱していて、人が生活している気配は感じられない。それでも少年少女たちが通りでは遊んでいる。

マンションのベランダから手を振ってくれた子どもたち。他の部屋は砲弾が撃ち込まれて壁が完全に崩壊していた＝2012年12月27日

大きな声で「アッラーフ・アクバル！」と言いながら笑顔で近づいてきた少年に、「アッラーフ・アクバル！」と返事をする。少年はＦＳＡの男と握手をしている。小学生くらいの女の

子がカメラに向かってピースをしてにこっと笑った。「アッサラーム・アライクム」とあいさつをすると、みんなで「ワ・アライクム・サラーム」と元気に返してくれた。「アッラーフ・アクバル！」と相変わらず叫んでいる子どもたちの声を背に、マンション街をさらに進んでいく。ガン、ガン、と銃声が聞こえる。けっこう近いんやないか。

次第に街は荒廃の度合いを深めていく。2階分の壁がすっかり崩れ落ちた建物は、窓の外側の壁まで黒くすすけており、火災が発生した様子が窺える。斜向かいの建物も壁に大きな穴が空いている。この辺りは毎晩のように空爆や砲撃があって破壊されている、とFSAの1人が言った。地面には迫撃砲の部品がめり込んでいた。こんなところの近くで子どもたちは遊んでいるのか。

この先は完全にゴーストタウンだ。夜間に激しい空爆があったらしく、4階建てほどの建物の角が4階から1階まで削り取られたかのように崩れ落ちている。屋上から穴が貫通しているマンションを見上げると、部屋の中まで焼け焦げている。一帯の住民たちはみな避難していったという。

L字形の路地を曲がった先は政府側の支配地域だという。スナイパーに狙撃されて死亡する人が続出したほか、夜間にRPG－7を撃ち込まれて炎上した家もあるらしい。

曲がり角の先を見ようと歩き出すと、「プリーズ・ストップ（止まれ）、プリーズ・ストップ」と注意された。「OK、OK」と言って慎重に角へ近づき、ビデオカメラを差し出して角の向こうを撮影するが、通りの先までは画角に入らない。

そこへ、ＦＳＡの１人が角へ近づいていって、その先へＡＫ－47を２発撃ってすぐ戻ってきた。もう１人も角へ近づいていく。「スナイパーに気をつけろよ」というようなことをもう１人が言う。ガンガン、とやはり２発撃って戻ってきた。この辺りはプレスセンターから３００メートルくらいしか離れていない。

――こんな近くに前線があったんや。歩いてこれるやん。

これは発見だった。いままで車に乗っていく場所しか知らなかったから、ロイターのムザファムなどに置いていかれるとどこにも行けなかった。これなら彼らの予定に制限されることなく前線に来られる。

Ｌ字の路地から戻って別の方向へ移動する。中央分離帯のある大きな通りを小走りに渡って建物沿いを進む。「この前に政府軍がいる。こっち側がＦＳＡだ」と通りの先を指さして説明してくれる。やはりはるか先までマンションが立ち並んでいる。人通りも車の通行も全くない。通り沿いの建物がＦＳＡのたまり場になっていて10人近い戦闘員がいた。その建物の中を抜けて反対側の通りへ出ると、15メートルほど向こう側の建物まで土嚢と垂れ幕で壁が造られていた。ここで合流した若いＦＳＡが「腰を落として一気に走り抜けるよ」と言って走っていった。いっしょに来た２人と俺が腰をかがめた状態で後を追う。

向こう側の建物も通り抜けて、その次のマンションの１階がＦＳＡの拠点になっていた。周囲の建物はどれも損壊が激しく、外は人が通る部分以外は瓦礫だらけだが、高い建物の1階ならば砲撃や空爆からも比較的安全なのだろう。ソファーや薪ストーブがあり、炊事道具も置いてある。

司令官にあいさつをしてこのマンションの2階に上がる。この一帯には電気は通じていないのでまだ昼間だが真っ暗だ。壁に空けられた穴から覗いてみろというので見てみると、隣の部屋の窓を通して向かいのマンションが見えた。一番外側の壁に穴を空けていないのは相手側から見えにくくするためだろうか。ガラスが割れた窓と、屋上にいくつもの大きな衛星アンテナが並んでいるのが見えた。

隣の部屋の壁は一番外側らしいが直径20センチほどの穴が空いていた。AK－47を持ったFSAが腰をかがめて穴の前までにじり寄る。ここからは銃撃をしているようだ。外のマンションが数棟見えるものの政府軍がいる気配を感じることはできなかった。隣の壁の窓からも見たが同様だった。別の部屋は壁が黒焦げになっており、窓は完全になくなり、床に

アレッポ市内の最前線。突き当たりを左に向かった先にシリア政府軍がいる。周囲の建物はことごとく破壊されていた＝2012年12月27日

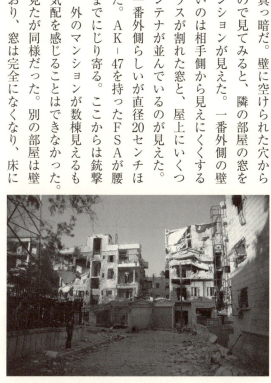

は燃えカスのようなものが積もっている。このマンション自体も攻撃の対象になっているのは確かなようだ。

見晴らしのよい方向を見ると、目の前に木の生い茂った公園らしき緑地帯があり、その向こうのマンションが頭の部分だけ見えている。この公園から向こう側は政府側の支配地域らしい。その公園の手前の歩道に横たわっている何かがあった。

このときはまだ実感できなかった。頭では分かっていたつもりだったが、本当にこんなことが起こっているなんて信じられなかったからだ。

夢にまで見たデモ再び

２０１２年12月28日、イスラムの休日である金曜日の今日は待ちに待った反政府デモの日だ。今こうしてシリアにいるのも２０１１年のあのデモの興奮が忘れられないからだ。またあの場にいられるのかと思うと待ち遠しくてしかたがない。

デモは午後からなので隣のＦＳＡの詰め所で朝食をいただいてから、昨日見つけた前線に１人で向かう。音のないゴーストタウンは本当に不気味で、スナイパー通りを１人で走り抜けるのは初めてで少し怖かった。１人で「よし、ゴー！」と声を出して全力で駆け抜けた。

「１人で来たのか」と驚かれたが快く迎えてくれて、マンションの上階で壁に開けた銃眼から政府側を見張るFSAスナイパーの横にいさせてもらった。休日ということもあるのか、戦闘が発生することもなく、数回発砲するのを見せてもらってプレスセンターに戻った。

アレフとロイターのムザファムといっしょに、デモの会場があるアレッポの中心部へ車で向かった。商店も開いている地域で、衣料品屋などプレスセンターの周りにはないような店もあり、野菜売りの屋台も軒を連ねている。歩いて前線まで行けるプレスセンターの周りには人も店も少ないが、かなり後方になれば戦場とは思えないほど物が豊富にあった。

「めしを食おう。トシ、チキンとポテトはどっちがいい」とアレフが言った。このあたりにもレストランは見当たらないが、サンドイッチ屋になんと肉があった。炭火で鶏肉を焼くにおいが肉好きの俺にはたまらない。プレスセンターの近くのサンドイッチ屋はポテトと野菜しかないので肉は久しぶりだ。毎日毎日、イモばかり食えるかよ、と思っていたところだけに、肉は固かったが久しぶりのごちそうに満足した。

食べ終わったので会場へ向かう。通りを歩いていると町の人々がデモの用意をしていた。大きな太鼓を首から下げた子どもや、緑、白地に赤い星3つ、黒のFSAの旗を持った少年たちの姿も見える。

――町がでかいから大勢来るのかな。ホムスのときは何千人もいてたもんな。

期待に胸が高鳴ってきた。

人々が集まっているのが見えてきた。まだ100人程度だ。赤や青、黄色など色とりどりの旗を振る人たち。ハンドマイクからの掛け声に合わせて、ドンドンと太鼓をリズムよく叩いていている。

いよいよデモ隊が出発だ。先頭は幅3メートル以上はありそうなFSAの横長の旗だ。迷彩服に黒いベストという戦闘服を着たFSAのメンバー数人がこれを持って歩いていく。AK－47を持った戦闘員が周囲を警護している。

盛り上がっているのはその後ろだ。肩車された男の子のハンドマイクを通した歌うような掛け声に合わせ、みんなで合いの手を入れるように歌う。ホムスの時もそうだったが、音頭をとる子どもが本当に上手で、音痴な俺には羨ましい。

歌っている意味は分からない。分かるのはときどき出てくる「バッシャール（・アサド大統領）」と「ホル（自由）」という言葉だけだ。しかしみな熱い。政府軍は人の集まる場所を狙うから、ここは空爆の格好の餌食になりそうだが、それでもみんな自由を求めて楽しそうに声を張り上げている。俺が見たかったのはこの熱さだ。だんだんと人を増やしながら通りを練り歩いていくデモ隊を前から撮影し続ける。

路地を曲がったところでバスが道をふさいでおり、この上に乗った女の子がハンドマイクで歌を歌っている。そこへ別の道から来たデモ隊が合流した。デモのテンションはどんどん高まっていく。

全体を見渡したくて俺もバスによじ登った。デモは300人ほどにふくれあがっていた。プレスセンターに以前遊びに来ていた人の姿も見える。バスの前では20人ほどが肩を組み、輪になって体を揺すって踊っている。

視線に気づいてカメラを向けると、おじさんがこちらを見ながら手に持った小さな旗を広げた。赤、白地に緑の星2つ、黒のシリア国旗の真ん中にバッシャール・アサド大統領の顔写真がプリントされている。おじさんはこれにライターで火を着けた。小さな炎が少しずつ広がっていく。おじさんは火が全体に広がるよう向きを変えながら、燃やし尽くした。

この人々が求めているのは自由だ。しかしその革命が何年かかるのかは分からない。シリアの反政府デモが始まってから1年と9カ月。反政府側も支配地域を広げてはいるものの、宗教の違いもからむこの革命は時間がかかりそうだ。だが、この熱いデモのパワーはとにかくすごかった。小さなデモから始まったこの革命は、旗を燃やすこの炎のようにシリア全土に広がっていくのだろうと、このときの俺は思った。

デモは1時間ほどで終わり、みんなでプレスセンタ

アレッポ市内で行われた反政府デモ。反政府側の大きな旗を持って市街地を練り歩く＝2012年12月28日

ーへ戻った。俺はいつものように隣のＦＳＡの詰め所へ行き、ムハンマド少年らいつものメンバーと一緒にお茶を飲みながらテレビでアル＝ジャジーラを見て過ごす。

暗くなってからプレスセンターへ戻ると、バスの上で歌っていた女の子が来ていた。表情の豊かなとてもかわいらしい子だ。

部屋にはプレスセンターのメンバーの他にも、若い女性や男性が何人か来ていてパソコンをいじっていた。部屋の様子をビデオで撮っていたら「ノーフェイス（顔を撮らないで）」と女性に注意され、俺も「ノーフェイス」と言ってカメラをやや下に向けた。映像がどこに流れて自分の顔が知られてしまうか分からない。反政府運動はやはり危険なのだ。

大人たちに促されて、女の子が歌い始めた。大きな目と口でかわいらしい笑みを浮かべながら、自由を求める歌を披露してくれた。大人たちがほかの話をし始めたが、先ほどとは違った抒情的な曲を、声を揺らしながら歌い始めた。殉教者を悼む歌のようだ。歌い終わりに「タクビール」と呼びかけ、大人たちが「アッラーフ・アクバル」と返した。

俺が日本に帰ってからのことだが、とても歌の上手なこの子は有名な歌手になった。自由を求める意思に力を与え、悲しみに沈む心を癒やす歌声を人々にいまも届けている。

目の前に政府軍……銃撃の最前線

2012年12月29日、午後からロイターのムザファムや昨日来たカナダ人のフリーランス記者が前線に向かうというので、午前中は1人でどこかの前線を回ることにした。

隣のFSAの詰め所に行くと、ムハンマド少年がバイクを洗っていたので、「前線に行きたいんだけど、バイクで連れていってくれよ」と言ったがいまいち通じない。身振り手振りでどうにか分かってもらったと思ったら、またバイクを洗いだしたので、伝わったのかなと不安になった。それにしてもシリアはほこりっぽい。そこら中が瓦礫の山になっているからだろう。

洗い終わってボロボロだがピカピカのバイクができあがると、ムハンマドが、乗れ、と合図した。早速後ろに乗せてもらってアレッポの大通りを走っていく。15分ほどでFSAの検問で止められたが、ムハンマドの知り合いらしく、握手するだけで通過できた。

そこから無人の市街地へと入っていくと、ここにもFSAの詰め所があった。目の前の十字路は、左方向に向かう路地が高さ3メートルほどの垂れ幕でふさがっている。スナイパー通りだ。市街戦の前線である。

FSAの男たちはみんな朝食をとっていた。中に入れてもらってストーブにあたってしばし休憩だ。ムハンマドは自動車のおもちゃで遊びだした。

――やっぱりムハンマドはまだ子どもなんやな。こいつもいつか戦闘員になるんか。死ぬなよ、ムハンマド。

交差点の向こう側にある建物の入り口で戦闘員が手招きをしている。ムハンマドは行く気がないようなので1人で行くしかない。意を決し走りだそうとしたところで止められた。ほかのFSA2人といっしょに渡るようだ。呼吸を合わせて一気に走り抜ける。「ムハンマド、カモン！」と手招きしたが来ないようだ。「OK、OK」と言っているうちに銃声が響きだした。政府軍が撃っているようだ。パンパン、と鳴った瞬間にブッブッツッと壁に着弾する音が続く。かなり近い。激しくなってきたのでビデオカメラを向けると「ノーノー、デンジャー（危ない）、デンジャー」と制止された。

身体を壁に隠すようにして垂れ幕のあたりを撮影していると、弾が貫通してきているのが見えた。垂れ幕は上から下まで無数の穴だらけだ。

——本当に撃ってきているんや。

パラパラとコンクリートの破片が降ってきた。いまいる建物の入り口の上あたりに着弾しているみたいだ。ひょっとしたら目の前にも銃弾が通過していたかもしれない。50センチ前に出ていたら当たっていたかもしれない。

ムハンマドといっしょに向こう側にいるFSAの男が「アッラーフ・アクバル！」と大声を

アレッポ市内の最前線。政府軍のスナイパーから見えないよう垂れ幕が張られているが、銃撃されて無数の穴が空いている＝2012年12月29日

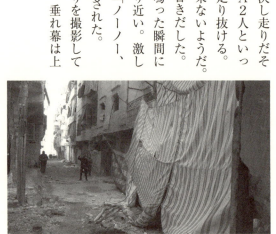

あげた。しかし政府軍側からは何も言ってこない。おとなしいが、銃撃だけは激しい。

「えーと、プリーズ……」とFSAの男が言うので場所を譲ると、彼はAK-47で垂れ幕の向こうへ向けて2発撃ち返した。しばらく静かになったが、さらに散発的に銃声が続く。

「えー、ここがフロントラインです」と撮影しながらナレーションを入れた。誰に見てもらうというわけでもないが、自然とそうしていた。

FSAの連中に促され、部屋の壁をぶちぬいた穴から奥に抜けると、別の通りの前に出た。通りの右側に向けてゴザを2枚並べてつるし、垂れ幕にしてある。ここもスナイパー通りだ。

パアン、パアンとさっきよりもさらに大きな音が響いてくる。思わず身体が前に出たが、「トシ、危ない。ちょっと待て、ちょっと待て」と止められた。FSAの男が1人、垂れ幕の一番手前をめくり、そこからカメラを出して撮れ、と言う。

カメラだけ差し出して通りの先を撮影する。画面を見ると、廃墟のような通りが見えた。1階はみなシャッターが閉まっており、電線があちこちに垂れ下がっている。地面には瓦礫が散乱しており、壁はみなほこりをかぶったようになっている。見るからに荒みきっている。

通りは50メートルほど先の4階建てのアパートで突き当たりになっているのでズームで寄ってみる。アパートの入り口があり、その上へ階段が続いているようだ。階と階の間の踊り場にあたる場所はコンクリートで網の目のようなデザインが施されている。窓は閉まっていたり、半開きだったりするが多くはカーテンがかかっていて中は見えない。

アパートのどこかで一瞬、オレンジ色の光が見えた気がした。その場で動画を再生してみると、1階と2階の間の踊り場と思われる場所の穴から光が出ているのが分かった。さらに、その1メートルほど左の壁にパッと煙が上がっていた。FSA側がこのスナイパーを狙って撃ったが外れて壁に着弾したようだ。さらに発砲の光が続く。まさに銃撃戦が目の前で展開されているということだ。政府軍側が撃っているということを音だけでなく目でも確認できたのは初めてだ。

動画を見て「おい、これ見ろよ。ここから撃っているんだ」というようなことを言い合っていたFSAの1人が垂れ幕の隙間から何発か発砲すると、政府軍側からの銃声がやんだ。

すると、FSAの連中がそこらに転がっている金属片などを垂れ幕の上に向かって投げ始めた。何をしとるんやろ、と思ったが、投げるたびに政府軍側が発砲してくる。こちら側がまだここにいると分かって撃ってくるのだろうか。FSAはそれを知っていて遊び感覚で投げているようだ。

——ゴミを投げれば政府軍が撃ってくるんや。ゴミ投げれば自分のいる場所が銃撃戦のど真ん中になるということやな。えらいこと知ったで。

上に行って窓から通りの向かいの建物を見ると、ヒゲ面の若い男がいた。男がこちらをチラリと見た。向こう側もFSAの拠点なのだ。

政府軍側の支配地域に面した壁に開けられた穴を覗くと、向かいの建物の1階の入り口がソファーか何かでふさがれているのが見えた。「こっちも見てみろ」という別の穴からは、その建物の何階かの窓が見えた。土嚢が積まれている。

「政府軍側か？」

「そうだ」

——近い！　近すぎる！　今まで自分が見た前線の中でも一番近い！

その建物に人のいる気配はないが、ただ見えないだけかもしれない。「こっちからも見てみろ」と言われてついていくと、外階段の壁に穴が空いていた。周囲にはAK－47の空薬莢が20～30個転がっている。

穴からは先ほどの政府軍側の建物が見えた。土嚢が見えたのは5階建ての4階の部屋の窓だった。さきほどの銃撃戦があったアパートと同じデザインの建物だ。場所としては並びになるのかもしれない。距離にして20メートルくらいしかないのではないか。3階から5階にかけて壁に無数の穴が空いている。こちらから撃ったもののかなり外れたということだろう。土嚢も何カ所か破れて

反政府側の拠点から見た政府側の建物。窓に土嚢が積まれているのが見える。たった20メートル程度の距離で銃撃戦を繰り広げている＝2012年12月29日

いる。じっくり狙う間もなく撃ち合った様子が目に浮かぶ。

――この連中はこんな近くで撃ち合っとるんや。いつ当たってもおかしくないんやないか。

パアン、と銃声が響いた。

「怖がらなくていいよ。ノープロブレム」

案内してくれているFSAの男が言った。音は近いが違う方向に撃っているようだ。

最初にこの建物を見た穴に戻ってじっくり様子を見る。政府軍側の姿はやはり見えない。FSAの男に、撃たないの？　というような仕草をしてみると、AK－47を持って穴の前に立ち、片手で無造作に連射した。パフォーマンスをしてくれたようだ。

膠着状態になったようなので帰ることにした。詰め所の前のスナイパー通りを最後に通過しなければならない。まずFSAの男が駆け抜けた。次は俺の番だ。しかしすぐには足が出ない。一歩出て、無意識にためらって下がってしまった。政府軍が本当に撃ってきている銃火を見てしまったからだろうか。一呼吸置いて心の準備をする。そして、ムハンマド少年らが手招きをしている向こう側へ、全力で走り抜けて最前線を離脱した。

女子に「あんた狂ってる」と言われる
さて午後から次の前線だ。プレスセンターから500メートル程度の場所だという。ロイターのムザファムとカナダ人のフリーランスの記者も行くというので便乗させてもらう。久しぶりにみんなと前線に行くので楽しみだ。

――そんなに近くにあるんやったら、これから1人で行けるな。これで自分の足で行ける前線が2つできたな。

みんなと一緒に、いつも行っているサンドイッチ屋などの前を通って住宅街の中を歩いていく。次第に朽ち果てた建物が多くなってきた。前線が近づいているようだ。プレスセンターはアレッポでも南の端の方にあるが、考えてみれば、すぐ近くに前線が2つも存在しているということは、空爆にあってもおかしくない場所ということだ。

1カ所スナイパー通りがあり、2組に分かれて間隔を置いて、横一列になって走り抜けた。俺は狩猟が趣味だから分かるが、獲物はたいてい縦一列になってやってくる。前の方の獲物を撃つチャンスを逃しても次の獲物が来るから狙いやすい。後ろになるほどこちらも態勢を整えやすいのだ。横一列で駆け抜けられるとチャンスは一度しかないので、気づいたときには通り抜けられてしまう。俺は撃つ側からも考えられるので、この渡り方が正解なのだということがすぐ分かった。

1台の車が止まり、アレフがなにか話している。

「みんな、車で行くぞ」

車ならすぐに前線に着くと思ったが、そのあたりを1周してもとの場所に戻ってきた。車を降りて廃墟のような街を歩いていくと、すっかりボロボロになった建物と建物の間の通りの先でタイヤが焼かれて黒煙を噴き上げているのが見えた。ＦＳＡが目くらましとして焚いているようだ。

我々が着いたとき、ＦＳＡは休憩中でリラックスムードだったが、２人の兵士がＡＫ－47を右手で上向きに掲げてカメラの前で演説を始めた。カメラマン連中もシャッターを切っている。何かをしゃべり終えると、「タクビール！」と声を上げ、周りのＦＳＡが「アッラーフ・アクバル！」と叫んだ。２人は後ろを振り返って小走りに駆けていく。

「アッラーフ・アクバル」と俺もなんとなく声を出しつつビデオカメラを回しながら追っていく。焚き火の向こう側に朽ち果てた大きな車がひっくり返って道路をふさいでいる。十字路の入り口に置いてバリケードにしているようだ。

いまいる路地から交差点を右に曲がった先に政府軍がいるようだ。つまり、目の前の交差点を横に走る路地を政府軍の銃弾が飛び交うということだ。交差点の角にブロックが積まれており、ＦＳＡの２人がその上に筒先を載せて銃撃を始めた。俺はカメラを構えたまま２人のすぐ後ろについた。

「トシ！　トシ！」

後ろのカメラマン連中が呼んでいる。

――どうせまた危ないとか言うんやろ。

「ノープロブレム」

「俺たちも写真撮りたいんだからどけよ、トシ！」

――なんだよ、俺がかぶるってんだったらお前らが前に出てこいよ。20メートルも離れて望遠で撮ってんじゃねーよ。

不満だったが、連中の撮影にかぶらないよう少し下がって横にずれた。

銃撃しているFSAは、何発か撃つたびにこちらの様子を窺っている。また撃ってはこちらを見る。やはりこれは撮影のためのデモンストレーションのようだ。

すると、路地の先から銃撃音が聞こえてきた。政府軍側も撃ち始めたようだ。3人目が土嚢の前まで行ってへっぴり腰で引き金を引いたが、不発だった。「あれ？」といった様子でAK－47の具合を見始めたが、他の連中に「下がれ、下がれ」と言われてあわてて下がる。なんだか素人っぽい。

代わりに別のFSAが出ていって「アッラーフ・アクバル！」と大声を出してから、間隔をあけて2発撃

最前線で政府側に向かって銃撃するFSA戦闘員。実際は撮影用のデモンストレーション＝2012年12月29日

った。カメラマン連中がシャッターを切る連写音が聞こえる。やはりパフォーマンスのようだ。

「ゴー・バック（戻って）、ゴー・バック」

後ろから女性の声がした。ＦＳＡの女性スナイパーらしい。ＦＳＡ連中はまたＡＫ－47を頭上に掲げて、「アッラーフ・アクバル！　アッラーフ・アクバル！」と叫んで戻っていく。しばらくして静かになったので、ＦＳＡやカメラマン連中も角のあたりまで来て目の前の通りの先などを撮影し始めた。

そこへ大きな発砲音がした。小銃レベルではないようだ。頭上からパラパラとコンクリートの破片が降ってきた。政府軍側がやる気になってきたようだ。ＦＳＡの連中は「下がれ、下がれ」というようなことを言いながら後方へ引いていったが、俺は通りの角の辺りに残って着弾の瞬間を狙う。

「ベリー・シリアス（とても深刻な状況なのよ）。イッツ・ベリー・シリアス！」

また女性スナイパーが言った。

「ノープロブレム」

――コンクリートが砕け散るシーンが欲しいんだよ。早く撃ってこいよ。

「イッツ・ベリー・シリアス！」

「カモン！」

「トシ！」

カメラマン連中が後ろで何か言っている。

さっき銃撃に失敗したFSAが1人で出てきて5発撃った。今度は成功だ。後ろを振り向いてどこか達成感があったような表情で「タクビール！」と叫ぶ。「アッラーフ・アクバル」と返ってくるので二度繰り返す。俺もなんとなく「アッラーフ・アクバル」と声を出す。しかしこれでおしまいのようだ。

「トシ、危ないぞ。あの後にRPGで撃たれていたら死んでいたぞ」とアレフに注意された。

——そんなのビビってたら戦場に来た意味ないやんけ。俺は自分が撃たれるであろう瞬間が撮りたいんや。

交差点から30メートルほど下がったあたりで、商店の閉じたシャッターの前にストーブが置いてあり、FSAの連中がその周りに椅子を並べだした。この店が彼らの詰め所になっているようだ。

「あんたはね、クレイジーよ」

先ほどの女性スナイパーがちょっと笑いながら言った。

「ええ？　クレイジーやないで」

「いいや、クレイジーよ」

俺は少しうれしかった。

——そう！　俺はまともじゃあないんだ。イカレた日本人や。自分のすぐ近くに着弾するのを撮りたい奴なんてそんなにいるもんやない。俺にとっては褒め言葉やで。しかし、今日はみんなで来れるのを楽しみにしていたけど、俺がみんなを危険な目に遭わせているのか、みんなが俺の足手まといなのか。よく分からんな。面倒だから1人で行動するのが合っとるんやもしれんな。

ＦＳＡが５人でデモを始めた。ＡＫ－47を頭上に掲げ、声を合わせて何か叫んでいる。カメラマン連中が撮影しているので俺もなんとなく撮影した。デモが終わると、ＦＳＡの連中はテーブルの上に手製の手榴弾を並べだした。カメラマン連中は戦闘員たちに話を聞いている。カナダ人ジャーナリストは女性スナイパーにインタビューを始めた。

俺は戦闘員の１人が飲んでいたお茶を横取りして、片隅で飲みながらタバコをふかしていた。

――やっぱり、ジャーナリストと自分では興味のあるものが違うんだな。こういうのが大事なのは分かるんやけど、俺は、本当に戦っているところにいたいんや。

どこか居心地の悪さを感じながらお茶をすすっていた。

ミイラになった17歳の少女

プレスセンターに帰ってきていつものサンドイッチの晩飯をすませてから、今日撮った写真の整理をする。三脚を立てるヒマもない戦場では自分の写真は撮れないので、誰かが撮ったものをお互いに交換する。見せてもらうと、やはりロイターのムザファムはいい写真を撮っている。俺の写真を見せたら「こりゃ、ノーマネーだなー（金にならないな）」と笑われた。

――ちっ、こればっかりはしゃーないなー。後ろから撮ってるんじゃねーよ、なんて思ったが、写真の質は確実に彼のほうが上だわ。これで食ってるんだもんなー。

カナダ人カメラマンと一緒にスナイパー通りを走り抜ける俺を写した写真はなかなかよいと思った。

――俺ってよい被写体になるやんか。何か、様になっとるな。そういえば前にＡＦＰも俺の写真を撮ってて、くれると言ってたのにまだもらってないやんか。今日こそはもらうで。

しばらくするとフィクサーのヨセフが帰ってきた。彼は毎日ＡＦＰのガイドをしている。聞くとＡＦＰの連中も帰ってきているというので、写真をコピーしてもらうメモリーカードを持って彼らの部屋へ向かう。

「ロペス、例の写真くれよ」

「今は今日送る写真の編集をしているから忙しいんだよ」

――マジかよ。毎日こんなこと言っとるやん。ほんとに写真くれるのかよ！　いい加減やなー。次から撮らせてやらんぞ。

ぶすっとして引き返そうとするとアントニオに呼び止められた。

「トシ、少し話をしないか。毎日どこに行っているんだ？」

「前線に行ってるよ。明日は1人で行くよ」

「マジかよ！」

「本当だよ。1人のほうがいいんだよ。最近は1人で行ってるよ」

すると連中はスペイン語で何か話しだした。何の話なんだ？

「トシ、明日、俺たちも前線に行くけど一緒に行かないか？」

——うほ！　ガイド付きで前線か。どこの前線やろ。

「いいよ！　明日一緒に行こうよ」

「分かった。朝部屋に迎えに行くから待ってて」

——さっきは1人のほうがいいとか思ったけど、いろいろ行きたいしな。AFPと行けばタクシー代の50ドル浮くしな。

ウキウキしながら部屋に戻ったがまだ寝るには早い。みんなフェイスブックで黙々とチャットしているし夜は本当にヒマだ。することがないので隣のFSAの詰め所でテレビを見ることにする。

アレッポ市内の最前線に向かってスナイパー通りを駆け抜ける外国人ジャーナリストと筆者＝2012年12月27日

ムハンマド少年はいなかったが中に入れてくれたので、テレビのチャンネルをアル＝ジャジーラに変えてシリア情勢を見る。ほとんどの映像は反政府側が撮影したもののようで、とにかく迫力がある。爆発の映像など本当にすごい。

――やっぱり戦闘やってる本チャンの連中にはかなわんな。自分もこんな映像撮りたいけど、これも運か。

翌12月30日の朝、約束の9時にドアをノックする音がした。ＡＦＰの迎えだ。彼らは4人のクルーだ。出発前に、しばらく話をする。２０１１年にホムスのババアムルのデモに参加したことを話すと、「トシ、映像はあるのか」というので携帯の動画を見せる。するとアントニオとアルベルトがビデオカメラで撮影しだした。ロペスは相変わらず俺の写真を撮っている。

「まだ行かないの」

「ヨセフがまだ来ないんだよ」

しかたがないので俺はＦＳＡの詰め所でお茶を飲んで過ごし、ＡＦＰの連中はプレスセンターの前で待つ。しかし30分経ってもヨセフはやってこない。

「ヨセフが来ないんだったら近くの前線に歩いていこうよ。俺が場所知ってるから」

待っていてもきりがなさそうなので俺が提案すると、アントニオは困った顔をした。

「ヨセフの車のトランクに俺の防弾チョッキが入ってるんだよ」

「そんなものいらないよ。俺も持ってないから大丈夫だよ」

「マジかよ、とても危険だよ」

「大丈夫だよ。俺が先に行くから心配ないよ」

彼らは何やら話し合いをしていたが結論が出たようだ。

初めて1人で行った前線へ向かうことにする。先頭が俺で、少し遅れてみんながついてくる。

スナイパー通りを俺が渡ろうとするとアントニオが止めた。

「ここを渡るのは危険だから迂回しよう」

「大丈夫だよ。俺はいつもここを渡ってるから。心配するなよ。先に行くぞ」

そう言って通りを走り抜けた。

「早く来いよ。大丈夫だよ」

そう言って待ったが、結局彼らは迂回してやってきた。

「トシはクレイジーだな」

「そうだよ、俺はクレイジーなんだよ。少しやけどな」

前線までにはもうひとつスナイパー通りがある。ここは俺のあとにAFPも渡ってきた。FSAの詰め所に到着だ。あいさつをすませて中へ入ると、なんだか後ろに視線を感じた。振り返ってみると、アントニオとアルベルトがビデオカメラを回している。それも俺を撮っている。

「それはドキュメンタリーか？」

聞いても連中は苦笑いするだけで答えてくれない。

——こいつらずーっと俺を撮影しているけど、まさかこれ取材やないやろな。俺みたいの取材してもしゃあないやろ。俺はシリア情勢と関係ないし。

気にせずFSAに案内してもらう。前回来たのとは別の方向へ、いくつも壁の穴を抜けて進む。階段を上るとその階は一面の壁がすっかり破壊されて瓦礫だらけになっていた。案内してくれた男が、まだ残っている壁の穴を覗いてみろ、という仕草をした。てっきり銃を構えるのかと思ったら、何かを指さしている。

肉眼で見たがよく分からない。男が俺のビデオカメラをとって穴の向こうを映した。画面には、ゴミが散乱した地面と何かよくわからないものが見えている。「オウ、イエス」と適当に返事をしていると、ゆっくりさらにズームしていって、それでようやく分かった。「おおお」と俺は思わず上ずった声を漏らした。

「女の子？　女の子か？」

「女の子だ。17歳だった」

その娘は、身体をくの字に曲げて、頭を手前に右半身を下に横たわっていた。向こう側にある足は右側だけサンダルを履いていて、頭の横に左側が転がっている。歩いていて突然の出来事があって転倒したように見える。半袖らしいシャツは、背中に白と赤のボーダー柄が見えるがほとんどが黒ずんでしまっていてよく分からない。長ズボンも汚れて真っ黒だ。

きっと美しかっただろう髪の毛はすっかり赤茶けて、塊のようになってしまっている。すそがまくれていて、腰のあたりが見えているのだが、肌がオレンジ色がかった土気色をしている。女の子らしい丸みはなく、骨と皮だけのようだ。腰から足のあたりは骨の形がほとんど見えている。ミイラになってしまっているようだ。

「17歳の少女が通りを渡っていて政府軍の攻撃で死んだんだ」

ＦＳＡの男はこう説明した。半袖を着ているところを見ると、アレッポで戦闘が激化し始めた２０１２年の７月後半以降のまだ夏の暑い間にそこに倒れて、数カ月の間そのままにされているということか。

「なんで収容しないんだ」

「行ったら撃たれてしまうよ」

この建物のすぐ下だ。それでもそこまで行くことはできないのだという。ここは、これ以上進むことは全くできない本当の最前線だった。

ＦＳＡの男はまだビデオカメラのズームで何かを探している。政府側支配地域へと延びている大通りには瓦礫やゴミが散乱し、確かに人や車の通行はなさそうだった。周辺の建物や看板、電柱などことごとく破壊されて荒廃しており、人が近づけないだけに他の廃墟のような通りよりもさらに酷い。

「これだ。見ろ、見ろ」

「人か？」

画面を見ると、水色の長ズボンに白いシャツを着ている人間がうつ伏せに横たわっている。よく見ると男性のものらしい靴を履いている。やはりしぼんだような体の様子を見ると、かなり長期間放置されているようだ。かなりズームして撮影している。目の前の女の子すら収容できないのだから、あの距離では無理だろう。

「こっちもだ。見えたか？」

スズキのトラックが放置されている横に何かが見える。手前に穴だらけになった看板があって遮られて見えにくいが、男性だという。その横をカラスが何かをついばみながら遺体に近づいている。

「これはみんな戦車でやられたんだ。みんな戦車砲だ」

「戦車？」

「そうだよ」

この建物も壁がなくなるほど破壊されているが、恐らくこの通りの先に政府軍が拠点を設けており、通り沿いに戦車砲を浴びせているのだろう。当たらなくても砲撃に伴う強烈な衝撃波で死亡したようだ。

別の穴からは、モスクの高い尖塔が見えた。かなり遠いが、窓のようなところに土嚢が積まれているのが見える。スナイパーがそこから撃ってくるのだという。

上の階に行くと、真っ黒く煤けた壁に空けた穴から狙撃銃をつきだしてFSAのスナイパーが発砲していた。スナイパーをどかして男が俺のビデオカメラを穴から先に向けた。ゴミが散らばる通りに、仰向けに倒れている人の姿があった。ズームしていくと、すっかり黒ずんでいるが目のくぼみ、尖ったあごが見える。

「女性だ。女性」

そう言われて目を凝らすと長い髪をしているように見える。顔形が分かるだけに、そこに人が死んだまま放置されているということを実感させられる。すぐ近くでカラスが何かをついばんでいて、さらに凄惨な印象を受ける。俺は思わず「おお……」とうめく以外に言葉も出なかった。

最上階に上がってあたりを見渡すと、周囲の建物は壁のことごとくに巨大な穴が空いていたり、最上階から下まで角がごっそり削られていたりと損壊の激しいものばかりだ。見渡す限り廃墟といっていい。その中に1人横たわる先ほどの女性の遺体が見えた。この街の荒廃ぶりがよく分かっただけに、痛々しさが胸に迫ってくるようだった。

反政府側と政府側の拠点の間の通りに放置されていた遺体。スナイパーに撃たれるため引きとることができずミイラ化してしまっている＝2012年12月30日

撮影を終えて階段を降りようとしたら、ＡＦＰの連中がビデオカメラを2台も使って俺を撮影していた。

——こいつら本当に俺を撮りに来たのか？

「いい写真撮れたか？」

「イエス、イエス」

こんなやりとり以外にも一言、二言聞かれたがよく分からず、適当に「イエス、イエス」と言っておいたが、気の利いた対応ができなかったのは英語ができないからというだけではなかった。

17歳の少女のミイラはショックだった。実は俺にも娘が3人いる。真ん中の子が17歳だ。誰も近づけない場所に何カ月も放置されている少女の姿に自分の娘の顔がダブった。5年前に離婚した俺は、娘たちには連絡すらつかない状態になっている。娘たちに何もしてやれない自分の姿も重なった。しかし、戦争に巻き込まれてしまった彼らと違って、俺の場合はあくまで俺の問題だ。

——自分はいったい何してるんやろ。まだ未来のある

最前線で俺を撮影しているAFPのスペイン人撮影クルー。彼らのリポートが世界中に配信されて「世界のフジモト」になった＝2012年12月30日

人たちが亡くなって、誰からも頼りにされていない、どうでもええ俺みたいな人間が生き延びている。

3日前、1人で行った前線で見せてもらった、公園の前の歩道に横たわっている何か。あれも引きとることのできない遺体だったのだといま気づいた。

自分の知らない場所でこれほどのことが起きているということを目の当たりにして、自分1人で受け止めるにはあまりにも重すぎることに気づき始めていた。AFPやロイターやアル＝ジャジーラは、自分には撮れないような迫力のある写真や映像を世界に発信している。彼らのようなことはできないけれど、いくら観光客だと言っても何かやるべきことがあるんじゃないか。

――俺、このままでええんやろか。

そんなことばかり考えていた。

知らんうちにイスラム教徒として宣誓

放置された遺体を撮影したあと、AFPのアントニオに「もう一つ近くに前線があるけど行かないか?」と誘ったが、「俺たちは防弾チョッキがないから帰るよ」と言うので別れ、俺はさらにほかの前線を訪ねることにした。

1人でぶらぶら歩いていると、歩道に4人組が立っていてこちらを見ているのに気づいた。とりあえずあいさつしたが、初めて見る連中でにこやかな感じではない。商店をFSAの詰め所にしているようで、中から司令官らしき太った男が出てきた。

「どこから来た?」と聞いてくる雰囲気があまり良くない気がしたので、「日本から来たフリーランスだよ」ととっさにウソをついた。観光客と言って、「なぜ観光客がいるのか」などとつっこまれると面倒なので、今のシリアにいてもおかしくない人間のふりをしたほうが無難だ。

「パスポートを見せろ」と言われたので素直に見せた。今回シリアに来て初めてのパスポートチェックだ。ここは反政府側と政府側の境目に近いため警戒が厳しいのかもしれない。

気づいたら連中がなにやらもめていた。戦闘員のようには見えないおじさんが「バッシャール(・アサド大統領)」がどうのこうのと怒鳴り、太った司令官とつかみ合っている。まわりのFSA連中は間に入って止めていたが、おじさんに手錠をかけて詰め所の中に座らせた。おじさんは特に抵抗することなく手錠をかけられていたが、俺が撮影していてもにこやかにしていて、どうもよく分からない。

そばにいたFSAの男が「1人で来たのか?」と俺に聞いてきた。

「そうだよ。前線に行こうと思って」

「近くに私設メディアの記者がいるから、そいつと行け。1人で行動するのはとても危険だから。案内させるからここでしばらく待ってろ」

――ここは言うことを聞いておくか。変にスパイ扱いとかされてこのおじさんみたいになりたくないもんな。

しばらくするとカメラを持ったメガネの青年がやってきた。この青年について街を歩いていく。

道端にゴミが大量に捨てられている。行政サービスなどは止まってしまっているわけだが、この辺りには人がいくらか住んでいるということでもありそうだ。たまにすれ違う人もおり、子どもの声や車の走る音が閑散とした街に響いてくる。

学校から家具などを持ちだしてトラックに積んでいる人たちがいた。青年によると、薪にするためだという。誰がとがめるわけでもなく、恐らく誰もが同様のことをして寒さをしのいでいるのだろう。

ブルドーザーやスコップを使って通りの瓦礫を片付けている人たちもいた。親子連れがそばで眺めている。その向こうでは少年らがサッカーをやっている。ブルドーザーでゴミを集めてトラックに積んでいる人々もいた。付近の建物は壁に穴が空いていたり、ベランダが落ちていたりして空爆や砲撃の被害を受けている印象だが、少しでも生活しやすいように努力しているということだろうか。

青年がモスクに案内してくれた。かなり大きなモスクだが、ロケット弾による攻撃を受け、壁に7カ所ほど大きな穴が空いており、床は瓦礫や粉塵、ガラス片で埋もれてしまっている。

この辺りはかなり激しい戦闘があったようだ。

その先はすっかりゴーストタウンだ。4～5階建ての建物が連なっているが、1階のシャッターはぐにゃぐにゃになっていたり、穴が空いていたりと損壊が激しい。通りは瓦礫と粉塵だらけだ。

「行けるのはここまでだよ。次の通りからは政府軍のスナイパーがいるから」

青年が言った。この先の通りには垂れ幕がかけられている。スナイパー通りのおなじみの光景だ。あたりの建物は特に1階、2階付近の損壊が激しい。瓦礫の量も増えてきた。空からやられたのではなく、この先のスナイパー通りから戦車砲でも撃ち込まれたのではないか。

垂れ幕のあたりまで歩いていくと、武装したFSAの男たちがいた。「スナイパーがいるからそれ以上は行くなよ」と言われる。

スナイパー通り沿いの建物は、1階部分に壁もろくに残っていないなど損壊状態がすさまじい。片付けなどできないので通りが瓦礫で埋まってしまっている。しかし、少し前に出て政府側をのぞいてみたが、スナイパー通りというわりには静かなものだ。

そこで、前回の前線で覚えた「ゴミ投げ」をやってみた。そこらに転がっている金属片などを通りに次々と放り投げてみる。

「これ以上行くとRPGで撃たれるぞ。スナイパーも撃ってくる」

青年が注意しに来たが、RPGと聞いて興奮してきた俺はさらにゴミを投げる。

「待て、待て、意味ないからやめろ、やめろ」

青年が止めに入る。ゴミを投げた音を聞いてFSAの連中が集まってきたのでおとなしくすることにした。迷彩服にAK－47を持った2人とおじさんのFSAにビデオカメラを向けると、3人並んでポーズをとった。「タクビール！」と俺が言うと「アッラーフ・アクバル！」と叫ぶ。これを3回繰り返すと盛り上がった感じになる。前線に通って覚えた、とりあえず仲良くなる方法だ。

青年としばらく歩くと、FSAの連中が8人ほどたむろしている路地があった。そこからスナイパー通りの方向を見ると、通りの向こう側の路地を掃除している住民らしい平服の2人の姿が見えた。向こう側はこちら側と違って建物がほとんど壊れていない。地面にも瓦礫はなく、掃き掃除ができるほどきれいなようだ。瓦礫の山で足の踏み場もないこちら側とは対照的だ。青年によると、あちら側が政府側支配地域らしい。航空戦力のない反政府側と、空からの支援のもとで戦車を繰り出してくる政府軍側の圧倒的な火力の差をまざまざと見せつけられた気分だ。

FSAの男が狙撃銃のスコープで向こう側の住民を見ている。しかし撃とうとしているわけではなさそうだ。こちら側を狙っている政府軍がいないか確認しているように見える。向こう側の住民とは、内戦になる前は恐らくごく普通の近所同士でしかなかったはずだ。それがいまでは、お互い目に見えるところにいながら、一見何の変哲もない1本の道路で完全に断絶されてしまっている。「自由」を求めるということは、これほどまでの代償を伴うものなのか。

青年が近くの詰め所に連れていってくれた。中には10人ほどの戦闘員がおり、後からあごヒゲの男性がやってきた。みなこの男性の話を拝聴している様子で、俺は「きっとボスなんだな」と思って神妙にしていた。

ビデオを回せ、というのでこの男性を撮り始めると何やらアラビア語で語り始めた。青年が英語に訳してくれる。

「今生きているこの人生の、次の人生には2つの道がある。1つは楽園であり、もう1つは業火の地獄だ。イスラム教徒になれば楽園に行くことができる。あなたの宗教は？」

「仏教」

「そうか」

「でもイスラム教徒はみな親切だし、好きですよ」

「うんうん。我々はただ1つの神に対して祈る。この地球も生き物も、全てをつくったのが神であると我々は信じている。だからあなたにもイスラム教徒になってほしい。イスラムの道へとあなたを招きたい」

「イスラム教徒はみんな親切にしてくれるから好きですよ」

「イスラム教徒になることでよい人生が開ける。我々みんな仏教を尊重しているよ。しかし、ブッダはただの人であり、何もつくりだすことはできない。彼はすばらしい人物だが、何も生みだすことはできない。だが神は全てをつくりだす。だから我々人間は、まず第一に神に祈るべきなのだ。みんなあなたのことを愛している。あなたはよい人だから。だからこそイスラムに招きたい。ただ、『ラー・イラハ・イラ・アッラー、ムハンマド・ラスール・アッラー』と言えばよいだけです」

よく分からないが、後からついて言えということらしい。ボスが一語一語ゆっくり言うのを俺も後について言う。

「ラー・イラハ・イラ・アッラー、ムハンマド・ラスール・アッラー」

「ラー・イラハ・イラ・アッラー、ムハンマド・ラスール・アッラー」

と改めて全文をついて言うと、ボスは満足そうな穏やかな笑みを浮かべた。よく分からないので俺がとりあえずいつものように「タクビール！」と叫ぶと、「アッラーフ・アクバル！」とみんなが声をそろえた。みんな弾けるような笑顔をしている。よく分からないが仲良くなれたようだ。

俺は英語がさっぱりなので、後になって上記のような話だったことが分かった。いまいち会話が成り立っていないのはそのためだ。「招きたい」と言っているのは分かったが、てっきりどこかに招待してくれるのかと思っていた。

しかしこれはイスラム教への勧誘だった。そうとも知らずに、「アッラーのほかに神はなし。ムハンマドは神の使徒である」というイスラム教の最も重要な言葉を二度言うという、イスラム教徒になる儀式をすませていたことになる。しかも、「神は偉大なり」とみんなで言うための声まで出しているのだから、仲良くなるばかりか、死と隣り合わせである最前線においてイスラム教徒の兄弟が生まれたわけだ。みんな弾けるような笑顔になるわけだ。

もっとも、本人に自覚がなければ宣誓したことにはならないらしい。まったく理解していなかった俺は、この時点ではイスラム教徒になっていないということになる。知らぬこととはいえ、本当に申し訳ないことをしたと思っている。

ブロンド美女とデートやで

今日はかなり歩きまわって疲れたので、プレスセンターに戻ってベッドに潜り込んで昼寝した。

みんなの声で目が覚めて起きていくと、女の人がいた。イスラム教徒の女性が髪を隠すヘジャブをかぶっていない、長いブロンドの髪だ。パソコンを開いてインターネットをしていたので、「どこから来たの?」と聞くと、イタリア人のカメラマンだった。寒いので俺がストーブの前に座ると、彼女も寒いのか横に座った。名前を聞くと、オッタヴィアだそうだ。

腹が減ったので「買い物に行ってくるよ」と言うと、彼女も一緒に行くと言い出した。２人で暗い道を歩いて買い物に向かう。

——俺も英語ができたらアバンチュールな夜なんやけど……。ちくしょー！

歩いていると会う奴みんなが「トシ、トシ」と俺の名前を呼んでくるので返事が面倒くさい。

——せっかくブロンド美女とデートなのに邪魔やでほんま。しかし、何か手をつなげそうな雰囲気やなー。いや、そんなことしたらあかん！　ここは中東やで！

イスラム圏では一般的に、未婚の男女が2人きりで外出することや、ましてや手をつなぐなどということはよろしくないとされている。イスラム教徒であっても世俗的な人の多いシリアでは未婚でもデートをすることもあったが、内戦が始まってからはあまり見かけなくなったようだ。女性側が、そうしたタブーのないキリスト教徒やイスラム教のアラウィ派であることが多かったとも聞くので、反政府地域では、内戦勃発によってアサド政権支持者の多いそうした人たちとの接点がなくなり、少なくとも結婚を前提にした相手でないとデートもままならないようになっている。

彼女はプレスセンターではなく知り合いの家に泊まっているらしい、ということを片言の英語でなんとか聞き出した。

前から人相の悪い10人くらいの集団がやってきた。

「トシ、元気か？」

よく見ると前にプレスセンターに遊びに来ていた奴らだ。知っているのは3人くらいだが、一人ひとりとハグをしてあいさつした。

「トシ、今日はシーシャはしないの?」

今度はサンドイッチ屋の隣のタバコ屋の子どもが声をかけてきた。

――こっちはそれどころじゃあない。デートなんだよ!

彼女はタバコ屋の隣のお菓子屋で買い物中だ。俺もいっしょにお菓子を選んでいると、タバコ屋のオヤジが声をかけてきたので、しかたなくタバコを買う。

帰り道、会う奴みんな「トシ、トシ」と言うことに彼女は驚いていた。プレスセンターに戻ると彼女はさっそくみんなにそのことを報告している。「トシは有名なんだよ」というようなことをみんな言っているみたいだ。

――いつから有名になったんだよ。せっかくのデートがみんなに邪魔されたんやで。

ストーブの前に座っていると、また彼女が来た。しかし英語ができないので会話ができない。しばらくして彼女はカナダ人のところへ言って楽しそうに話し始めた。

――ちぇっ。世の中こんなもんか。戦場に女はいらないんだよ。

少し悔しかったけど、自分にそう言い聞かせて今夜も酒に溺れることにした。

夜もふけて、居候先に帰るという彼女がメールアドレスをくれた。シークレットアドレスらしい。俺は「グーグル翻訳でメールするから」と言っておいた。

女っ気のなくなったプレスセンターはいつものように静かになった。みんな黙々とフェイスブックをやっている。みんな夜はあまり会話をしない。毎晩のように酒を飲む俺は、今夜も酔ってそのまま眠った。

空爆の現場

2012年12月31日の早朝、プレスセンターのマネジャー、アブドラに起こされた。近くでヘリからの空爆があったという無線が入ったらしい。慌てて準備をして外に出る。俺とアレフ、ムザファムとカナダ人の4人で車に飛び乗り、現場へ急行する。

現場に近づいたものの、人通りが多すぎて車では入れそうにない。車を降りて走って向かうことにする。このあたりは大きな建物はないが、住んでいる人は多いようだ。「ヘリだ、ヘリだ」などと言いながら逆方向に向かう人が多い。人が集まれば第二波の攻撃があるかもしれない。逃げていく人々の雑踏で溢れている通りを、俺たちは縫うようにして走る。

怪我をした小さい女の子が運ばれてきて車に乗せられるところに行き合った。これから病院に向かうようだ。

すぐそこの路地を曲がると、瓦礫の山があった。急に空が開けている。30メートル四方かそれ以上のかなり広い範囲で建物が倒壊し、外壁だけ一部残してほぼコンクリート片だけになり、むき出しになった鉄筋がハイマツのようにそこら中を這っている。

空爆されたのはアパートで、朝早かったために住民はまだ寝ていたらしい。詳しくは分からないが、かなり大きな爆弾でアパートがほぼ完全に倒壊している。血のりがべったりとついたコンクリート片もあり、多数の犠牲者が出ていることが想像できた。

まだ瓦礫の下に人がいるようで、人々が人海戦術で掘り起こし始めた。何十人もの人々が何かをしようと集まっており、人だかりになって怒鳴り合いまで発生している。コンクリート片は鉄筋でつながっていて、上からどんどん運び出せるわけではない。作業は簡単には進んでいかない。

ここは前線から離れているし、少し入り組んだ場所で出入りが不便なため、FSAの詰め所などもない。政府側は民間人のいる地域だと分かっていて空爆しているのではないか。

アレフが、重機関銃のドシュカを乗せたピックアップトラックに乗っているFSAと何か話している。そばへ行ってビデオカメラを向けようとしたが、撮影するなと言われた。第二波の攻撃に備えてみんな緊張しているみたいだ。

瓦礫の山の中に残った壁のあたりに人だかりがあるので見に行くと、隙間から手が見えていた。人が埋まっているようだ。大勢の人々が救出に必死になっている。人がどけたコンクリートはブルドーザーで片付けていく。

アレッポの街が破壊されていることは来る前から写真や映像で見ていたので、毎日ゴーストタウンを見ていても、やはり破壊されているのか、と驚きはなかった。でも、ここは違う。壊れかたが違う。壊れたばかりのコンクリートは断面がきれいだが、夜露を浴びるうちに汚れた感じの色に変わっていく。断面が新しいここは空爆されたばかりということだ。

まだ埋まっている人を助けようと、人々が掘り起こしていた。必死に助けようとしているエネルギーに圧倒された。

撮影するだけの自分が邪魔者に見えてきた。アレフとムザファムはもう帰るという。来たばかりなのに、とも思ったが、自分がここでできることは邪魔をしないことだけだ、という気がして立ち去ることにした。

目の前でヘリ撃墜

空爆の現場からプレスセンターに戻った俺は、ＦＳＡの詰め所へムハンマド少年に会いに行った。少年はお茶汲みをしていた。

「ムハンマド、どこか前線に連れてってくれよ」

「分かったよ。バイクに乗れよ」

ムハンマドはまだ子どもだが一番頼りになる。前線へは、小回りのきくバイクのほうが近くまで行けていい。

30分ほど走って廃墟になった街に着いた。近くから激しい銃声が聞こえる。建物沿いを歩いていくと、スナイパーからの目隠しの垂れ幕がかけられて前がふさがっていた。ムハンマドがしばらく考えてから、先に行けよ、という仕草をしてニヤッと笑った。

——目隠しから前に出たら撃たれるやんか。お前が案内してくれるんと違うんか。なんでここは俺が先やねん。

しかたがないので布をくぐって全速力で走る。見晴らしのいい庭のような場所を建物沿いに走って入り口にたどり着いた。5階建てのアパートの中はあちこちの壁に穴が空けられていて、政府軍側を監視したり、狙撃したりできるようになっている。もちろん、無人になっているのをFSAが利用している。

はあはあ息を切らしながら最上階まで上がる。政府側支配地域に面した部屋では、FSAのスナイパーがドラグノフ狙撃銃を構えていた。窓の前にタンスのような家具を置いて台座にし、さらにクッションを4つ重ねて高さを自分に合わせている。床にはゴザが敷かれていて壁沿いにクッションが並んでおり、マットレスの上で頭まで毛布をかぶって寝ている者が1人いる。ここに寝泊まりして前線を維持しているようだ。

ビデオカメラの望遠で政府側支配地域を観察する。アパートが密集しており、屋上には人の背丈ほどもありそうな無数のパラボラアンテナが同じ方向を向いて立ち並んでいる。その向こう側を幹線道路が横切り、乗用車やトラック、トラクターまで走っている。その先は丘になっていて森のようになっている。

——前線の近くやのにみんな普通に生活しているんや。この前の前線もそうやったもんな。

みんなすごいわ。

この間も腹に響くような銃撃音が轟いている。ムハンマドに呼ばれて階段を上がる。踊り場にはドアが立てかけられて外から見えないようにしてある。屋上に駆け上がるとメガネにヒゲのＦＳＡ戦闘員が屋上のフェンスに空けた穴から政府軍側の様子を窺っていた。他の場所からも銃撃しているのか、周囲から発砲音が轟いている。

ＡＫ－47を抱えているメガネの男は部下に何かを指示しながら振り向き、俺の存在に気づいて一瞬止まったが、親指を立てて歓迎の意を示し、身振りで壁に寄るよう俺を促した。

「(汎用機関銃の) ＰＫＣ持ってこい！　ＰＫＣ！」

メガネの男は、部下が持ってきた弾帯をつけたＰＫＣをそばに置き、ＡＫ－47は壁に立てかける。

「双眼鏡も持ってこんか」

男はペットボトルの水を飲んで一呼吸置く。

双眼鏡が来ると、フェンスの穴が小さいので縦に持って片目で覗いている。何かを確認したのか、双眼鏡を置いてＰＫＣを構え、銃撃した。朝焼けの無人のアパート街に重低音が響き渡る。見晴らしのいい屋上から撃っているうえに、少し向こうが丘になっているだけに反響がすごい。男は再び双眼鏡で確認している。相変わらず周囲の銃撃音が激しい。

しばらく観察していたメガネの男は、双眼鏡を部下に渡して、再びＰＫＣを1発ずつ、間隔をあけて撃ち始めた。飛び出した薬莢がカチンカチンと転がっていく。再び双眼鏡を覗き、今度は高さ1メートルほどのフェンスの上にPKCを載せて撃ち始めた。

するとと、100メートルほど離れた一番手前にある5階建てアパートの3階の窓から灰色の煙が上がり始めた。何だ？　という様子で見ていたFSAの連中は、「よっしゃあ！」といった声を上げて笑い始めた。銃撃によって火災を引き起こしたということなのか。

「アッラーフ・アクバル！　うははは。写真撮れ、写真！」

メガネの男にうれしそうに言われてなんだか興奮してきた。俺も「タクビール！」と声を張り上げ、連中も「アッラーフ・アクバル！」と叫ぶ。横にいるムハンマドを見ると、「写真撮れよ、写真」と満面の笑みだ。

そこへグオオオン、とこもったような轟音が聞こえているのに気づいた。何の音だ？　ムハンマドが「写真、写真」とまだ言っているのを尻目に、俺は耳をすました。

これはヘリの音だ！

「ヘリコプター！　ヘリコプター！」

俺がささやき声で言った。

「ヘリコプター？」

メガネの男が、炎上するアパートの90度右側の空を手をかざして眺め、突然、慌てたように後ろへ下がっていった。そばにいた連中も後を追う。東の空を見ると、200メートルほど先をヘリが低空で飛んでいるのが見えた。

「来い、来い！　ウェルカム、ウェルカム！」

フェンスの陰に隠れたままビデオカメラを向けてヘリを撮影しようとしている俺を、屋上のコンクリートの構造物の陰に隠れたムハンマド少年が焦ったように適当な英語で呼んでいる。

数秒だけ撮影して俺も中腰のまま後ろに下がる。

——来てるで、来てるで！　はよう撃たんと！　こっち来てるで！

メガネの男は、フェンスから数メートル下がったあたりに台を置き、ＰＫＣでヘリを撃ち始めた。低空で飛んでいるため、５階建ての屋上からなら銃架で安定させた状態でほぼ水平に銃撃できる。

横腹を見せて右方向に飛んでいくヘリに狙いを定めて撃ち続けるうちに、ヘリの様子がどうもおかしくなってきた。後ろのローターの回転が悪いように見える。ふらふらと機体を傾け、こちら側に頭を向けながら高度を下げていく。

「落ちてきてる……。落ちてきてる！」

思わずつぶやく俺の声を、容赦なく火を噴き続けるＰＫＣの銃撃音がかき消す。ついに、しゃがんだ状態ではフェンスが邪魔で見えないほどの高さになった。腰を少し伸ばしてヘリの様子を見る。ヘリが飛んでいるのはもう空じゃない。２００メートルほど離れたあたりのアパートのすぐ裏側へふらふらと降りていくのが見えた。わざわざあんなところに降りる必要があるとは思えない。あれは緊急着陸なんじゃないか。つまり不時着だ。

口径7・62ミリの汎用機関銃はそもそも対空で使用するには非力なうえに、曳光弾が入っているわけでもない機関銃で、ヘリを目視で銃撃しても当てることは難しい。外れた弾がどう外れたか見えないので修正もできないからだ。シリアの反政府側に普及している14・5ミリ対空重機関銃でも政府軍のヘリや戦闘機をほとんど撃墜できておらず、政府軍の空爆に対してほとんどなすすべがないというのが実情だ。その結果、制空権を完全に掌握している政府軍は戦力においては一貫して反政府側を圧倒し続けている。

反政府側は、ヘリや戦闘機の熱源を追尾できる赤外線誘導式携帯型地対空ミサイルを欲しがっているが、ひとたび敵対関係になった場合には大変な脅威になるために、反政府側を支援している欧米や湾岸諸国も支給に慎重であるとされ、実際、反政府側にはほとんど提供されていない。使用報告もされているがごくわずかなため、政府軍側から奪ったものではないかと考えられる。

外国勢力が反政府側を軍事支援していると言われている

市街地に不時着するシリア政府軍のヘリコプター＝2012年12月31日

が、実効性のある武器が提供されていないことを考えると、その本気度は疑わしいし、規模も極めて限定的なものと言わざるをえないだろう。

「うっはっはー」

前にいるFSAの若い男がこちらを振り向いて笑った。連中は早口で何か言い合っている。見るからに興奮している。ヘリを撃ち落とすなんて、そりゃ興奮するだろう。本当にPKCで撃墜できたのならば奇跡のような戦果だ。

メガネの男がこちらを見た。親指を立てて「撮ったか?」という表情をする。「タイヤーラ(アラビア語でヘリコプター)」と右の人差し指を上に向けてくるくる回して言う。左の手のひらを内側に向け、右の人差し指でつついた。「分かったか?」という顔をする。弾が当たったと言いたいのだろう。俺がビデオカメラを向けたままうなずくと、男は再び右手の親指を立て、その手でこちらに投げキッスをした。充実感あふれる笑いが広がった。そして俺は少しほっとした。

流血の銃撃戦

興奮冷めやらぬ俺は、屋上のフェンスに空いた穴から政府軍側のアパートの様子を見ていた。さきほど煙が上がり始めた窓からは炎が噴き出している。これは煙をたいて目くらましにしているということのようだ。アレッポに来た初日の前線で見た激しい火災と煙も、ＦＳＡが自ら生じさせていたのだと思う。

しばらく静かだったが、再び銃撃の音が響き始めた。腹に響く重低音が冬空にこだまする。こちら側からの銃撃がアパートの壁に着弾しているのが見える。まだまだ銃撃戦は続くようだ。

俺はけっこうのんき気に撮影をしていたが、バチンと何かがはじけたような音が聞こえた気がした。

「下がれ！　下がれ！」

というような叫び声が後ろから聞こえた。俺は慌てて這うようにして後方に下がった。するとまたバチン、となってパラパラとあたりに何かがばらまかれた。コンクリート片だ。ＦＳＡの男がフェンスから数メートル下がったあたりに這いつくばって何かを指さしている。俺もそばへ寄って見ると、さきほど俺が撮影していた場所の後ろの壁に直径数センチほどの削れた跡が3カ所あった。政府軍からの銃撃が着弾しているのだ。

ＦＳＡのメガネの男が四つん這いになってフェンスまで進んでいき、政府軍の様子を窺っている。俺も這うようにしてさきほど撮影していたフェンスの穴までたどり着く。銃撃音はますます激しくなっていく。しかし向こう側がどこから撃ってきているのかよく分からない。こちらからも撃つ様子はない。後ろの物陰にしゃがんでいるムハンマドが俺に向かって「スーラ（写真）」と言ってカメラのシャッターを切る真似をしている。

相手がどこにいるのか分からないからか、メガネの男が汎用機関銃ＰＫＣを持って下の階へと駆け下りた。俺も後を追う。男は部屋にＰＫＣを置いたままベランダにしゃがみこんで相手を探している。そこへまた轟音が聞こえてきた。

「タイヤーラ！　タイヤーラ！」

メガネの男は部屋のＰＫＣをつかんですぐまたベランダにしゃがみこんだ。ヘリは右前方、数百メートル先を右に向かって飛んでいる。再び銃撃が始まった。しかしヘリは朝日の中に隠れて見えなくなってしまった。

俺は屋上に駆け上がってヘリの姿を探した。双眼鏡でヘリを見ているＦＳＡの男が、俺を見て「しゃがめ、しゃがめ、しゃがめ」というようなことを言った。俺は構造物の陰にしゃがんで東の空を見たが、朝日が眩しくてどこにヘリがいるのか分からない。しばらくしてから、かなり上空を飛んでいるのが見えた。いつの間に、ビデオカメラのズームでは画面にとらえるのが難しいほど遠くへ行っていた。

再び地上の銃撃戦だ。屋上のフェンスの穴からＦＳＡの男がＡＫ－47で断続的に狙撃をする。どこかで「アッラーフ・アクバル！」と叫んでいる声が聞こえる。掃射音がかなり激しくなってきた。ブルルルルン、ブルルルルルン、とかなり大きな機関銃を撃っていそうな連続音が響いている。

メガネの男もＡＫ－47を持ってやってきた。２人で銃撃を加えてはまた相手側の様子を見ている。はっきりと敵の姿をとらえて撃っているわけではなさそうだ。何やら言い合いながら銃の向きを変えては、ときおり引き金を引いている。俺は彼らの2メートルほど後ろにしゃがんでビデオカメラを回し続ける。

ムハンマド少年が横にやってきて、撮ってほしそうににこにこしている。FSAの1人はAK－47を横に置いて座り込み、メガネの男と話し込んでいる。メガネの男は「あれだ、あれだ、うははー」というようなことを言っては銃を向けて撃つが、あまり手応えはないようだ。俺はまたヘリの音が聞こえてきたような気がした。ムハンマドに「ヘリコプター」と言ったが通じていないようで、彼はしゃがめ、という仕草をしただけだ。

そのときだった。バチン、と横で音がしてコンクリートの破片が降り注いだ。バチン、バチン、と立て続けに弾けて、俺は激痛で倒れこんだ。あたりはコンクリートの粉塵で煙っている。体中が真っ白になった。とても身体を起こせるような状況じゃない。FSAの男もフェンスのそばに寝そべってやり過ごそうとしている。

「カモン、カモン！」

ムハンマドが呼ぶ。俺はほうほうの体で後方へ下がった。

――右腕が痛い！　撃たれたんとちゃうか！

自分で見るのも怖かった。

――どうしよう。外務省に知られたら面倒な騒ぎになるぞ。

横にいたＦＳＡの男に腕を見てもらった。どうやらコンクリート片が当たっただけだったようだ。俺は思わずため息をもらした。真っ白になったビデオカメラのレンズを吹いて粉塵を飛ばす。

「うわあ……。スナイパー。ピチューンって」

俺が言った瞬間に、いまいたあたりでまた壁の破片が弾け飛んだ。高さ1メートルもない場所だ。壁には今の銃撃の前にはなかった穴がいくつも空いている。

――あの場所じゃ、倒れこんでそのまま逃げてこなかったら当たっていたってことやで……。

これはもう、明らかにこちらの居場所は相手に見つかっている。あてもなく銃撃を続けるうちに、発砲の光や煙を見られて場所がばれたのだろう。しかしこちら側は相変わらず相手が見えていないようだ。銃撃が落ち着いて、メガネの男は穴から相手を探しているが、もう一人は寝転がって談笑している。先ほどの数秒間の出来事が一瞬の幻であったかのようだ。あれが現実だったと実感できているのは、右腕の痛みがまだかすかに残っているからだ。

再びこう着状態になり銃撃戦になりそうもなかったので、下の階へ降りて窓から相手側を見ることにした。先ほどの着弾は屋上のフェンスとさほど変わらない高さだった。つまり弾道が水平に近いということだ。ということは向こうも屋上くらいの高さから撃っているんじゃないか。

ＦＳＡの男が俺のビデオカメラを使って政府側のアパートの屋上をズームで見始めた。俺も脇でいっしょに画面を見る。窓の方角の関係で、屋上から見ていたアパートとは違うアパートが見えているようだ。あちらの屋上はパラボラアンテナが林立している。

　右に左にカメラを動かしているうちに、旗が立っているのが見えた。ひらひらと動いている旗の色は、赤、白地に緑の星2つ、黒だ。

「おおー。シリアの旗だ」

「見えたか？」

「見えた、見えた」

　旗の直ぐ側に、土嚢のようなものが積んであるのが見える。そこから人間の顔のようなものが覗いているように見えるが、ビデオカメラの画面は小さいのでいまいちよく分からない。

　そこへ、右側から何かが近寄ってきたのが見えた。ＦＳＡの男が何か声を上げた。あれは間違いなく人間だ。黒っぽい服を着ているようだ。しかし、身体を隠している感じではないし、向こう側を見ている。なぜわざわざ旗など立てているのかもよく分からない。

　何か背後が騒がしい。振り返ると、ＦＳＡの連中が屋上から降りてきたところだった。様子がおかしい。駆け寄ってみると、戦闘員の1人が顔面から血を流していた。鼻の左脇を流れ落ちて、上唇からぽたぽたと垂れている。

「ティッシュ、ティッシュ！」と俺が持っていたポケットティッシュを渡した瞬間だ。

　ガアン、と銃弾が目の前を通り過ぎた。みんな、ビクッと身体を硬直させた。突然のことに、負傷した戦闘員はポケットティッシュを落としてしまった。弾道が見えたかのようだった。窓をふさいでいた木の板を貫通したため、その粉塵が弾道を見せたのだろう。ここは部屋の中だ。政府軍がこちら側の窓から中へ入るよう撃ちこんできているのだ。

ＦＳＡの連中が集まって早口で何か話し合っている。緊迫した雰囲気だ。またガアン、と先ほどと同じような音がした。反撃などしている場合ではなさそうだ。ズウン、と重たい衝撃が来て建物が揺れた。戦車も撃ってきているんじゃないのか。

撤収が決まったようだ。１人ずつ階段を駆け下りていく。俺もすぐに続いた。アパートを出ると、隣の建物の中へ入り、いくつもの部屋や廊下を通り、壁に空けられた穴を何度もくぐって迷路のような抜け道を進んでいく。負傷した戦闘員は左足を引きずっており、ムハンマドが肩を貸している。顔面だけでなく足もやられたようだ。

ヘリを不時着させたあたりまでは、笑い声も出てイケイケな雰囲気だった。その後、政府軍からの銃撃が激しくなったのは、やはりその反撃だったのだろうか。１人の負傷で一気に気配が変わった。今までＦＳＡが撃っているのも、政府軍が撃ってきているのも見ていたが、実際に戦闘員が負傷するのを見たのは初めてだ。一瞬で地獄に変わるのが戦場なのだと実感した。

負傷した戦闘員は車に乗せられて去っていった。彼らが運営している地下病院へ向かうようだ。俺もムハンマド少年のバイクの後ろにまたがって最前線を後にした。

最前線の居心地

銃撃戦の中にいて気づいたことがあった。

——なんて居心地ええんやろ。

このことである。

下手をすれば銃弾に当たって死んでいたかもしれない現場だった。実際、FSAの戦闘員は負傷して彼らの野戦病院へと運ばれていった。

最前線は極限の状況だ。最近は1人で前線に向かうことが多いが、実際の現場では、勝手に動きまわるのは危険だから、と前線にいる誰かが案内してくれる。

信頼していないとついていくことはできない。完全に自分自身を委ねるしかない。それが心地よかった。自分の命を預ける感覚。今までの人生で味わったことのないものだ。

プレスセンターの連中も同じだ。少し歩けばすぐ前線があるような場所でいっしょに生活している。いつ空爆されてもおかしくない状況だ。だからこそ彼らとは、単なる友だちという以上のつながりを感じている。

危険なことだけなら1人でもできる。スナイパー通りでも駆け抜けていればいい。でも、俺が最前線に来たいのは、そこで命を賭けている彼らがいるからだ。実際に銃撃戦の中にいても怖くないのは、身を委ねることのできる彼らがいるからなのだ。求めていたのはきっとこの感覚なのだという気がした。2011年のホムスで感じた恍惚感も、命がけの現場を人々と共有できたという一体感からきていたのではないかと思う。

戦場でいっしょに行動しているということは、彼らもきっと信頼してくれているということだろう。では彼らはなぜ俺を信頼してくれるのか。シリア人がもともと持っているもてなしの精神はあるだろうが、それだけだろうか。

最前線では、自分が旅行者であることは彼らに話していない。単純に聞かれないからというだけで、自分でも気づいていなかった。きっと彼らは尋ねるまでもなく、カメラを持ってこんなところへ来るのだからメディアの人間だ、と思ったのではないか。

メディアの人たちはメディアに載せて伝えることができるから、現場の人たちも受け入れるメリットがあるだろう。でも、旅行で来ているだけのトラック運転手である俺にはそういうことはできない。自分を委ねることのできる彼らに対して、俺は何を返せるのだろう。

結局、自分にできるのは、身の回りの人たちにだけでも、地球の裏側でこんなに酷いことが起きている、ということを伝えることくらいだ。日本のマスコミ報道では自分が見たようなシリアの現状はあまり報道されていない。メディアの人たちが見ないようなものを身軽な旅行者の俺ならば見られるかもしれない。今回、アレッポに入った日からプレスセンターでフェイスブックに写真など上げていたが、もう少しちゃんとやろうと思う。

来た当初は、すごい戦闘シーンでも撮れたらフェイスブックに上げてやろう、というくらいにしか考えていなかった。悲惨なことになっているということは知っていたが、それを見たかったわけではない。

しかし、酷い負傷者や、空爆で瓦礫の山のなかに埋まってしまった人を必死に掘り起こす人たちや、なにより、俺の娘と同じ歳の少女の遺体が何カ月も放置されているのを見て、日々情勢が変わるように自分の心も変わっていった。そういうことがあっての前線なのだと思うようになった。戦闘だけ見ていたらそうはならなかったかもしれない。

このころから、写真や動画をフェイスブックに載せても自分の文章はつけないようになってきた。というより書けなかった。自分自身で思うことはあったが、心の中を出すことに抵抗があった。本当にそういう感じ方でいいのだろうか、という怖さがあった。そう簡単に感想が出るような現場ではないことを、知らず知らずのうちに思い知らされていたのかもしれない。

せめて、見てくれた人が、シリアで今こんなことが起こっている、ということを感じてくれればいいと思っている。

外国プレスに根掘り葉掘り聞かれる

ＦＳＡの詰め所で晩飯をごちそうになってプレスセンターに帰ると、すでにみんな帰ってきていた。

「トシ、どこに行ってたんだ」

「前線だよ」

「また行ってたのか！」

今日撮影した銃撃戦のビデオを見せてやると、みんなびっくりしていた。

「お前はクレイジーだよ！」

「少しね！」

焼酎をちびちび飲んでいると、ＡＦＰのアントニオが部屋にやってきた。

「トシ、写真をやるから部屋に来いよ」

コピーした写真を入れてもらうＳＤカードを握りしめて彼らの部屋へ行く。アントニオはすぐにコピーしてくれた。

「トシ、少し話をしないか」

「いいけど、英語できないんだよ」

「心配するなよ。グーグル翻訳があるから。しかし、シリアは酒がなくて退屈だな」

「酒ならあるよ。取ってくる」

部屋から焼酎とパソコンを持ってきて、ＡＦＰの連中と回し飲みしながら話をする。

「今日も前線に行って来たよ、けっこう激しかって、怪我人もでたよ」

「ビデオはあるのか？　見せてくれよ」

ビデオカメラを取ってきて、今日撮影した銃撃戦などの映像を見せた。

「この映像、メディアに売れよ！」

「どうせ誰も買わないよ」

プロの彼らでも驚くような映像が撮れて、密かにうれしかった。

「ところで、トシの名前はなんて言うんだ？　スペルを教えてくれよ」

面倒なのでパスポートを見せると、連中はペラペラめくって俺の渡航歴を見始めた。

「シリアは何回目だ？」

「２０１１年から3回目だよ。エジプトのデモも見に行ったし、イエメンの米国大使館が襲われた時も行ったよ」

さらに、日本での仕事内容、シリアまでの渡航費、シリアでの滞在費、次はどこに行くのか、何でシリアに来たのか、細かいことまで質問攻めにあった。

アルベルトには子どもがおり、父親がシリアに行くことに反対しているという。それを聞いて自分も離婚していることや、３人の娘と会えずにいることなどを思わず話してしまった。さすが、プロは話を聞き出すのがうまい。

彼らが過去にシリアで撮った動画を見せてもらった。ＲＰＧ－７が着弾する瞬間などエキサイティングな映像を撮っていて羨ましかった。彼らはずっとシリアをカバーしていて、何度も来ているからそういう場面を見られるのだ。

でも、彼らは今はシリアをやっているけど、いつまでもそれで食っていけるわけではないし、いずれまた新しいネタを探さなければならなくなるだろう。彼らはそうやって仕事にできているが、俺にはそういうのはムリだ。生活の基盤がほかにないとシリアに来るのだって大変だ。俺はあくまで旅行者で、仕事にする気はやはりない。

そんな話を1時間ほどして部屋に戻り、横になっていると、カナダ人カメラマンとイタリア美女のオッタヴィアが両手に袋を持って外から帰ってきた。今日は今年最後の日なので、みんなでパーティーをしようという。プレスセンターの連中と遊びに来た連中もいて、部屋にびっしり座って、みんなでお菓子を食べて大晦日を過ごした。

カナダ人とイタリア美女の仲が良いのが気になった。

戦場シリアのメリークリスマス

夜の10時近くになってアレフが「友だちの家に行くけどみんな行くか?」と言い出して全員で行くことになった。暗いアレッポの街を歩く。アパートの階段を上って部屋に入ると、知っている顔ばかりだった。ここで俺がダンスを披露したり、フルーツを食べたり、水タバコをやったりして楽しい宴は過ぎていく。

11時半になって、シリア人連中が「前線に行く」と言い出した。

――マジかよ。赤外線フィルター持ってきてないから撮影できないやんか。

夜間は、政府軍側に場所を特定されるのでライトをつけることができない。暗闇での撮影を想定していなかったので、カメラに取り付ければより明るく赤外線撮影ができるフィルターを持ってきていない。

車3台に分乗して前線に向かう。近づいてくると車のライトを消し、猛スピードで走っていく。市街戦の前線は石を投げれば届くような距離だ。そんな場所に今から行くのか。周囲は空爆で倒壊した建物ばかりだ。これまで見てきた前線は、ゴーストタウンとは言っても建物はまだ残っていたが、さらに奥に来るとこんな状態なのだろうか。

暗闇の前線に着いた。ＦＳＡの戦闘員たちが集まっている。近づいていくと、「メリークリスマス」と言われた。イスラム教徒である彼らにクリスマスがあることに驚いた。イスラム暦とは日付がずれるグレゴリオ暦の1月1日にクリスマスを祝うというのは、世俗的なイスラム教徒が多く、キリスト教徒も少なくないシリアらしい光景だろう。

戦闘員たちは「タクビール！」と叫びながら最前線に向かって歩いて行った。暗闇の先に光が見える。「あそこが政府軍だ」と横にいた戦闘員が指をさして教えてくれた。

「メリークリスマス‼　ハッピーニューイヤー‼」と言いながら連中が銃を撃ちだした。「アサドにプレゼントだ！」と言っている戦闘員もいる。汎用機関銃ＰＫＣを連射して弾帯が空になると、政府軍側から見えない場所でカメラのライトで照らしながら手早く弾を込め、再び撃ちだした。暗闇の中に、銃口がチカチカと光っているのだけが見える。なんとも悲しいお祝いだ。

〝余興〟を終えて広場に集まり、新年のあいさつが始まった。ここも政府軍からは陰になっているらしく、手持ちの花火に火をつけて灯り代わりにしている。

そこへサンタが鐘を鳴らしながらやってきた。日本でも見るような赤と白の衣装で、黒い自分のヒゲの上から白いヒゲをつけている。

この部隊の司令官があいさつを始めた。自分の部隊やこの前線を守っている部隊の名前、アル・ルザア、セイフ・アル・ダウラという地区名を挙げながら、「そのみんなを代表して」と集まった人々に呼びかける。

「我々の兄弟であるキリスト教徒の人たちが」と言って司令官がサンタの肩に触れた。サンタは手に持った鐘を鳴らし続けている。前線部隊の隊長がサンタのほほにキスをした。ときどき誰かが銃を撃っている音がする。

「クリスマスを家で祝うのではなく、我々と一緒にこの通りでお祝いをしてくれることになった。ここセイフ・アル・ダウラ地区のバッサム・アル・オマル中学校の前で一緒にお祝いをしよう。我々みんなを代表して、シリアの公正なる革命を支持してくれているキリスト教徒、アラウィ教徒、ドルーズ教徒、その他あらゆる立場のみなさんに感謝申し上げたい。(アサド大統領と同じ）アラウィ教徒の中には心の中で我々を支持してくれている人たちがいることを知っている。そのみなさんにも特に感謝したい。そして、この大切な日を我々といっしょに祝おうと決断してくれたキリスト教徒のみなさんに感謝したい」

前線部隊の隊長が続けてあいさつを始めた。

「最初に、みなさんそれぞれの努力と、我々を覚えていてくれたことに感謝したい。私たちは常に最前線にいて、私たち自身とみなさんを守るために戦い続けています。そして、手に手を取って私たちの国を再建しましょう」

そこからさらに暗闇の中を移動するようだ。サンタもいっしょに歩いていく。周囲に建物はあるが灯りは全くなく、まさにゴーストタウンだ。その中の一つのアパートにみんなで入っていく。階段を上がっていくと、灯りが見えた。

この部屋には、おばあさんと男の子1人、女の子3人が暮らしていた。子どもたちは幼稚園から小学生くらいの年齢のようだ。両親はすでに亡くなっており、おばあさんが育てているのだという。このあたりは最前線で人も住んでいないが、この場所にとどまるのだという。車がなければ

最前線で一緒にクリスマスを祝うFSA戦闘員とサンタの衣装を着たシリア人キリスト教徒＝2012年12月31日

避難もできないし、避難したあとの生活も大変だ。恐らくここでは反政府側で生活の面倒を見ているのだろう。

いつ爆弾が飛んできてもおかしくないこのような場所でなぜ生きていかなければならないのだろう。たまたまここに住んでいた場所が反政府側になったために巻き添えになっただけで、被害にあっているのはこうした一般人なのだ。

サンタがプレゼントの入った袋を一人ひとりに渡すと、突然の訪問に驚いたようだった子どもたちにも笑顔が広がった。こちらのほうが癒やされるような笑顔だ。

戦場の中で暮らし、両親はおらず、恐らく友だちもみな避難してしまっているに違いない。学校もないし、普通の子どもらしい暮らしはできなくなってしまっただろう。それでも、残された家族だけでも寄り添っていられるのは幸せなことなのかもしれないとも思った。

戦争などない日本で、食うにも寝るにも困らず、しかし家族とは別れて会うこともできずに1人で生きている俺は、いつも孤独感にさらされている。最低限、人として保障されなければならない暮らしというものはあるだろう。しかし、幸せとは何なのか。俺には答えが出なかった。

俺が接してきた反政府側の人々はみんなイスラム教スンニ派で、サンタの格好をしているからといってこのような場所にキリスト教徒がいるとは思わず、帰国してから映像を確認して「キリスト教徒だ」と言っていることを知った。キリスト教徒であるのは間違いないようで、この場にいたカナダ人カメラマンは、「ＦＳＡのキリスト教徒のメンバーなのでは」とみているようだ。宗派や宗教の違いを超えた革命の理想を掲げた当初の反政府運動の姿がまだ残っていたころの、貴重な場面に立ち会うことができていたのかもしれない。

アレッポでの戦闘が始まった２０１２年の夏以降、このクリスマスのお祝いをした中学校周辺で反政府デモが何度も行われていたことが、ネットに上げられている動画から確認できる。同年９月４日の映像ではまだ町並みはほとんど壊れておらず、子どもたちや女性たちが通りを埋めるほどの行列をつくって元気な声を上げている。しかし、この地区はすでにほとんど廃墟のようになってしまっていて、元気な子どもたちの声はもう響いていなかった。

戦場の子どもたち

「トシ、朝飯だ！　今日は小学校に行くぞ」

２０１３年１月１日、午前11時ごろにアレフに起こされた。アレッポに来てからは毎朝自分だけ早く起きていたが、昨夜寝るのが遅かったせいもあってこんな時間まで寝ていた。戦場シリアで迎えた元日の遅い朝だ。

重いまぶたのまま朝食をすませ、歯を磨いて久しぶりに頭を洗った。水が冷たい。中東とは言ってもシリアは日本より少しあたたかい程度でかなり寒い。凍えそうだ。

みんなすでに撮影の準備ができていた。置いてきぼりにされないよう急いで用意する。ロイターのムザファムは防弾チョッキを着ていない。今日は学校だけで、危険な場所には行かない様子だ。

プレスセンターを出てしばらく歩くと学校がある。前線に行く途中などにうろついているあたりだ。中から子どもの声がしているのでなんとなく学校だろうと思っていた。ＦＳＡの戦闘員が5人ほどで警備をしていて、簡単なボディチェックを受けて中に入る。

地面がコンクリートの打ちっぱなしになっている校庭で、30人近い子どもたちがサッカーをしたり、小さな車に何人もで乗ったり、滑り台で遊んだりしている。ヘジャブを被った女の子が俺に気づいて駆け寄ってきて、両手を合わせておじぎをした。それを見て小さな子たちも駆けてきて真似をした。

――日本でこういうあいさつはないけど、日本のつもりでやってるんやな。まさかシリアでおじぎされるとは思わんかったなー。

校庭には迫撃砲が着弾したようなくぼみがあり、壁にも弾頭に空けられたような穴がいくつもある。学校やモスク、病院、パン屋など人が集まるところが攻撃を受け、戦争の舞台になっている。とても悲惨なことだ。避難している子も、いまだに残っている子も、みんな大人の事情に振り回されている。しかしここの子どもたちはそれでも元気だ。

校舎は3階建てで、5クラスあった。細長い机と椅子が一緒になった机に2人がけで元気に勉強している。年少のクラスはアラビア語のアルファベットを、日本語でいえば「あいうえお」を覚えるように、先生が言うのについて復唱していた。こんな状況でも一生懸命頑張って大きな声で勉強しているのが可愛らしい。

年中のクラスもアラビア語で何かを勉強していたが全然分からなかった。年長は英語の授業で、子どもたちは明らかに俺より英語ができそうだった。

――こんな小さいうちから英語勉強してたら将来困らないやろな。おじさんももう少し英語ができたらお話できるんやけどなー。

勉強の邪魔は少しだけにして校庭に出た。さっき教室にいた年少さんたちが遊んでいる。1人の女の先生が歌い出すと、子どもたちが集まってきて一緒に歌い出した。デモのときに聞いたことがある歌だ。アラビア語なので意味は分からないが、「自由」という言葉が入っているのだけは分かる。

――自由を求めるデモから始まって、大変な数の人々が死んでいっている。昨夜の家族もそうだけど、こ

壁が銃痕だらけになっている小学校で元気に勉強を続けていたシリアの子どもたち＝2013年1月1日

の子たちには生き延びてほしいな。

元気な子どもたちとしばらくサッカーをしてからお別れをした。

無人の街でコンドームを発見

学校を出てからみんなで市場へ行った。生きたでかいナマズを売っている魚屋などを撮影したが、俺はすぐに飽きてしまって自分だけ先に帰った。さっそく隣のＦＳＡの詰め所へ行ってムハンマド少年に「今日も前線に連れてってくれよ」と頼む。

バイクの後ろに乗せてもらって、銃撃戦を見た昨日の前線に向かう。しかし、正月だからなのか、今日は銃声が聞こえない。

——昨日は激しかったけど今日はやってないんやな。毎日状況が変わるから仕方ないか。

壁をよじ登り、建物沿いに歩いて行くとＦＳＡの男が２人警戒していた。彼らについていくと、人ひとりやっと通れる程度の穴が壁に空いていた。

中に入ってみると、そこはドラッグストアで、２人の男が薬をかき集めているところだった。ムハンマドも袋に商品を詰め始めた。自分も、何があるのか捜索を開始した。

しかし棚にはほとんど商品がない。シャンプーなどがわずかに残っているだけだ。カウンターの一番上の引き出しを開けてみると、コーランが入っていた。イスラム教徒にとって何よりも大事な聖典だ。次の引き出しにはなんとバラ売りのコンドームが大量に入っていた。

――イスラム教徒は避妊しないと聞いていたけど、そうでもないんやな。

コンドームの包みを開いて広げてみると、精子がたまる部分が日本によくあるものの3倍近く長い。品質はとても悪そうで、ゴムも分厚い。日本の技術の高さを改めて認識した。次の引き出しには日本でもおなじみの、コンドーム5個入りの小さな箱が入っていた。

――そおや！　このコンドーム持って帰って皆に配ってやろう、今日の話のネタになるな。けっこうみんな下ネタが好きやからな。喜んでくれると良いんやけどな。

コンドームの箱を5つほどズボンのポケットにねじ込んだ。ほかのみんなも薬を集め終わって袋に詰めた商品を外に出した。

――しかしFSAも収奪してるんやな。でも今の状況では薬はとても大事な物やもんな。空爆で被害にあった人の奥さんも薬がないって言ってたもんな。世界中からいろいろ援助されてるというが、本当に行き届いているのか疑問やな。

もちろん、反政府側地域にあるこの店の人も反政府側かもしれず、収奪なのか、店も同意してのことなのかは分からなかった。

銃声は聞こえるが、今日は昨日のような戦闘は起きていないようだ。ムハンマド少年についていくと、FSAが5人ほどいるたまり場があった。ストーブの横に座らせてもらうと、すぐにお茶が出てきた。いつものように「どこから来たのか」「宗教はなにか」といった質問をされた。

「なぜイスラム教徒にならないんだ？　死んだら地獄行きだぞ」と、これもいつものように言われた。前線の詰め所に行くたびに聞かれることだ。死と隣り合わせだからこそ、同じ場所にやってきた俺にこういう質問をするのかもしれない。

これについては「自分は仏教徒で、家族も仏教徒だから、自分一人だけイスラム教徒になるわけにはいかないんだよ。でもイスラム教徒は好きだよ。みんな優しいから」と答えるようにしている。とりあえずそれで、それ以上は追及されないですんでいる。

今日もあちこち歩き回ったが、戦闘というほどの戦闘は起こっていないようだった。時間も遅くなってきたので、プレスセンターに戻るついでにいつものサンドイッチ屋で晩飯をすませ、いつもと違う道順で帰ることにする。途中にあった初めて見るＦＳＡの詰め所でもお茶をごちそうになり、ＡＫ－47の分解と組み立て方を教わって、すっかり暗くなってからプレスセンターに到着した。

プレスセンターはお客さんでいっぱいだった。無理やりストーブの前に陣取る。

――そおや、みんなにお土産があったんや。

ポケットに入れていたコンドームを箱から出して1つずつみんなに投げてやった。

「トシ、これどうしたんだよ」

「今日は前線にある薬屋に行って来たんだよ」

ビデオで薬をかき集めている映像を見せるとみんな納得していた。今のアレッポではみなこうしているのだろう。

カナダ人とイタリア美女が相変わらず仲良さそうにパソコンで写真を見ているので、コンドームを投げてやろうとしたが、みんなに止められたのでおとなしく映画を見てすごすことにした。

「トシ、呼んでるぞ！」

名前を呼ばれて玄関を見てみると、ＡＦＰの連中が出かける格好をして立っていた。これからシリアを出るらしい。みんなとハグをして別れのあいさつをする。表まで見送りに行った。

「またフェイスブックで連絡するよ。気をつけてがんばれよ」

こう言って彼らは去っていった。あいさつをしたのは俺だけだった。いっしょに前線を回った仲間がいなくなるのは少し寂しかった。

戦場を離れて日常へ

２０１３年１月２日、今日はアレッポ最後の日だ。今日の夕方にはアザーズというトルコとの国境の町に戻る。

プレスセンターのマネジャー、アブドラが朝からマッサージをしてくれと言うのでやってやることにした。毎日誰かのマッサージをさせられていたが、まあこれも言葉ができない俺ができる大事なコミュニケーションだ。

床の上にうつぶせになっているアブドラの上にまたがり、足の方から上に向かってモミモミしていったらパンツに指がかかり少しずれた。

「トシ、何やってんだよ！」と言うのでふざけておしりの上で腰をふってやった。

「ファックユー！」とアブドラ。

「ファックミー！」と俺。皆が笑った。

「コンドームくれよ‼」と言ったら皆から飛んできた。アブドラが笑い続けて止まらない。

皆が携帯電話でムービーを撮りだした。

「撮影は1ドルだ‼」

「分かったよ、トシ腰ふれよ‼」

腰をふってマッサージは終わった。なぜかアブドラはぐったりしていた。

これが最後の日なだけにふざけてじゃれあったのだが、アブドラに会えたのは本当にこれが最後になってしまった。

最終日なので前線に連れていってくれるようアレフに頼むと、彼は街なかを撮影するということで、近くにいたＦＳＡに案内を頼んでくれた。

30分ほど歩いた場所にある前線の手前でＦＳＡが検問所を設けており、家財道具を満載したトラックなど何台もが彼らのチェックを受けていた。トルコへと避難する人々のようだ。こうした国民と対話できず武力弾圧するアサド政権は、まさに独裁政権ということだろう。

ここは政府軍からは離れた場所ということだが、付近の建物に入ってみると破壊されてぐちゃぐちゃの状態で、壁も床も天井も燃えて黒焦げになっている部屋がいくつもあった。この辺りでは今は戦闘は起きていなかったが、人々がみんな逃げてゴーストタウンになるまでの間に、俺が見たこともないような悲惨な状況になっていたのではないかと想像した。

昼ころにプレスセンターに戻ると、アザーズからアレッポに送ってくれた〝兄貴〟が迎えに来てくれた。やはり今日出国するというカナダ人と一緒にさっそく乗り込む。

しばらく走ったところで道端にいたFSA戦闘員に止められた。1人の青年が顔を撃たれて流血している。すぐに車に乗せて病院に搬送することになった。スナイパーに突然撃たれたらしく、ほほがパックリと割れている。顔を押さえる彼の手は血だらけで、俺は持っているティッシュを渡して止血するよう勧めた。病院に着くと、戦闘員と青年は小走りに中へと消えていった。

——銃撃戦になっていなくても、突然こういうことが起こるから住民は怖くて逃げていくしかないいんやろな。

10分ほど歩くと詰め所があった。カナダ人がインタビューをしている間、最前線の場所まで案内してもらった。まず垂れ幕が張られたスナイパー通りを走り抜ける。この緊張感もこれが最後かと思うと感慨深い。そして、例によって壁や塀に空けられた穴をいくつもくぐり、何軒もの家の中を右に左に曲がりながら通りぬけ、最後は階段を上がってたどり着いたのはあるアパートのシャワー室だった。

顔の高さくらいの場所に空けられた穴から外を見ると、瓦礫だらけになった通りが見えた。目隠しの垂れ幕が2重に張られている。つまり、FSAの狙撃手が狙っている政府側にとってのスナイパー通りということだ。

今日は他の場所までうろうろしている時間はないのだが、彼らはそれを察してくれて、俺のために1発1ドルする弾を5発、撮影用にAK－47で撃ってみせてくれた。せっかくなので彼らにカメラを持ってもらって撮影用に俺も1発撃たせてもらった。何もないところを狙って撃っただけだが、カメラに向かって思わず「フリーダム、フリーダム」と小声で言ってしまった。

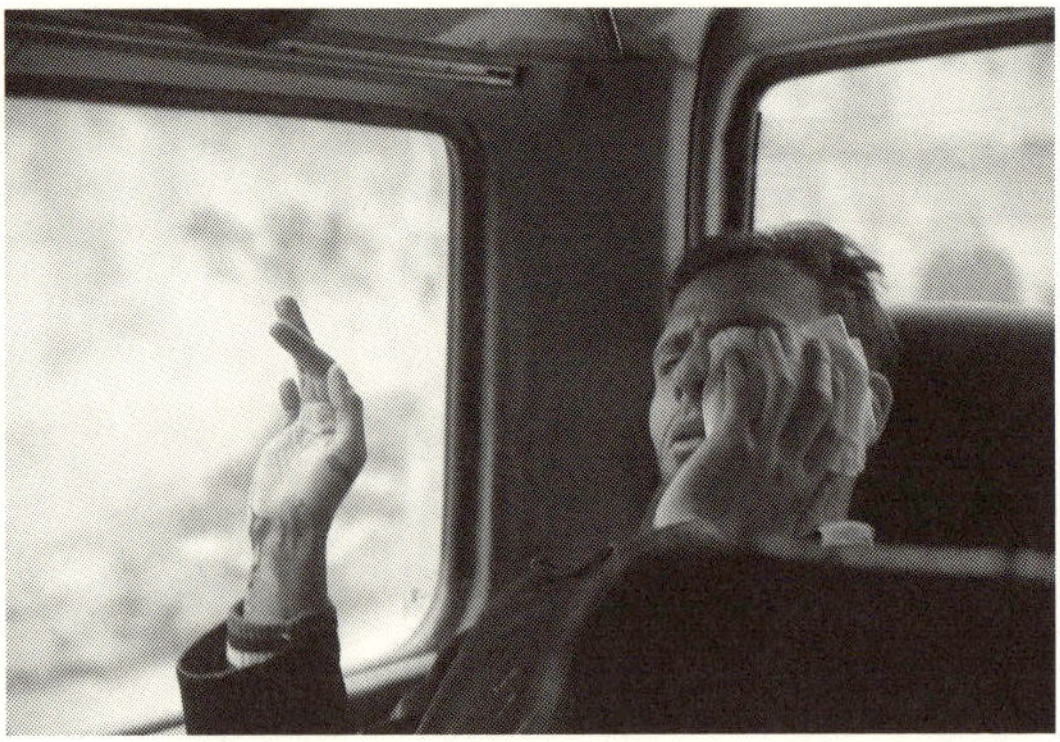

トルコ国境へと車で戻る途中、スナイパーに撃たれて負傷した男性を病院に搬送した＝2013年1月2日

最後の前線は早めに切り上げて国境へ向かう。このまま出国するカナダ人を送り、俺は兄貴の家に向かった。明日、国境にある避難民キャンプを撮影するため、一晩だけアザーズに残る

ことにしたからだ。

兄貴の家についたころにはすでにあたりは暗くなっていた。到着すると、子どもたちが出迎えてくれた。部屋に通されると、すぐ食事を出してくれた。アレッポで毎日食べていたシンプルなものとは違うガイドブックに出てきそうなメニューで、スライスしたトマトを敷いた上に焼いた鶏肉が載せてあった。ピーマンの細長いものを塩につけて食べるのがすごく美味しい。

腹もいっぱいになって横になっていると、日本語ができる弟のアライディーンがやってきた。前の家に両親が住んでいるから行こう、と誘われたのでおじゃますることにした。

弟が通訳をしてくれるので会話がスムーズだ。子どもは3人おり、一番下はFSAの戦闘員として空港の戦闘に参加しているらしい。腹いっぱいのところに出された果物を詰め込んで、横になってお父さんの話を聞いた。

兄貴の家に帰ると、個室に寝場所が用意されていた。プレスセンターでは相部屋だったから久しぶりの1人部屋だ。今夜も映画を観ながら酒に溺れた。

過酷な避難民キャンプ

2013年1月3日、今日は国境の避難民キャンプに行ってからトルコのガジアンテップで1泊し、明日、日本に帰る予定だ。

朝食をすませてから、俺のパソコンで映画鑑賞をしてすごす。この家にはテレビがないので、兄貴と子どもたちみんなといっしょに見た。兄貴はラブロマンスものを希望したが、俺はそういうのは興味がないのでアドベンチャーものだ。イスラム教徒の家庭では女性は男性客の前に出てくることはないので、このときも奥さんは出てこなかった。

昼前になって、奥さんと子どもたちに見送られながら兄貴の車で出発だ。

避難民キャンプはシリア側の国境検問所のすぐ横に広がっており、この寒空に、ビニール製のかまぼこ型のテントがずらりと並んでいる。検問所の周りは駐車場だったのか地面はコンクリートで、雨が降ったのか一面に泥水がたまっている。

通りかかった男性が話しかけてきたのでついていくと、テントの中を見せてくれた。テントは分厚いが一枚だけのビニールでできており、床は地面のままの上にビニールシートを敷き、その上にゴザやじゅうたんを広げている。ビニールシートをめくると、地面からの湿気で裏がすっかり濡れてしまっている。

その中でストーブを焚いているのでとにかく湿気がすごい。まるでサウナのようだ。しかし、ストーブをつけなければ寒すぎてとても生活できないだろう。夏は夏で、ビニールハウスのような大変な暑さになるはずだ。とても人が快適に過ごせるような環境ではない。

アレッポのゴーストタウンはどの建物も破壊されていて、部屋によっては真っ黒に焼け焦げていたし、あちこちにスナイパー通りがあって、突然撃たれてしまうこともある。前線が近くなくても空爆で跡形もなく破壊されてしまう。そんな環境から逃れてきた人々を待っているのがこのような暮らしである、というのはあまりにも過酷すぎる。

国連難民高等弁務官事務所（ＵＮＨＣＲ）によると２０１３年夏までに２００万人に達した周辺国へのシリア難民は、２０１５年３月には３９０万人に達した。国内避難民は７６０万人に及び、内戦前の人口の半数にあたる１１００万人が家を追われた。

男性と別れて１人でキャンプ内を歩いていると、子どもたちがぞろぞろとついてきて大変なことになってきた。みんなカメラに映りたくて、レンズを右に向けると右に、左に向けると左に回りこんできてピースサインをしまくる。「ハラス（終わり）」とアラビア語で言っても聞いてくれない。きりがないのでこれでトルコに向かうことにした。

シリア側の国境検問所では、ＦＳＡが独自に作った出国スタンプを押してくれる。そのままトルコ側へ行くと、正規の入国審査を経て無事に入国することができた。

これで戦場のシリアともお別れだ。

トルコ国境近くのシリア人避難民キャンプ。テントの中の床はビニールシートとゴザ１枚だけ敷かれており、裏はびっしょりと濡れていた＝2013年１月３日

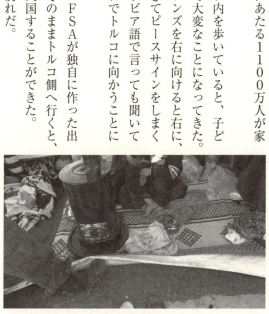

注目されることに怯える

「あれ？　誰もおらんやん」

シリアからトルコに出た俺は翌日には飛行機に乗り、２０１３年1月5日、関西国際空港に到着した。外務省からの電話で怖気づいてトイレから出られなくなったのは「プロローグ」で触れたとおりだが、意を決してゲートを出たのに、バッシングのために待ち構えている人が１人もいないことを知ってちょっと拍子抜けした。

しかし、電話で外務省の人に言われた言葉が頭を離れなかった。

「バッシングされるかもしれませんよ」

という脅しである。

「真似する人が出てくるからメディアにも出ないでください」

とも釘を刺されていた。マスコミに出るなんて考えたこともないが、急に怖くなってきた。そのくせ外務省の人は、アレッポの状況や、どこから入ったのか、入国審査はどうなっているかなど現地情勢をいろいろと聞き出そうとしてきて、俺もＦＳＡが独自の出入国スタンプを押していることなどを問われるままに答えてしまった。

——なんや。それを調べるのがあんたらの仕事やないんか。旅行者から聞いてどないすんねん。

後から思ったが、頭のなかはすぐにバッシングという問題でいっぱいになった。

ＡＦＰの記事を見たのだろう。海外メディアからのオファーがフェイスブック経由で次々と来た。しかし、怖くて全て無視した。連絡は英語で来るので、グーグル翻訳で日本語にしてだいたいのことは理解しているつもりだが、英語だから分からない、という言い訳にできた。

ある日、米国のテレビ局ＡＢＣの日本支社の日本人らしき女性から電話が入った。

「藤本さんと同じような考えでリビアに行った米国人が２人亡くなったというニュースは見てないんですか？　なぜそんな危険なところに行くんですか？」

立て続けに聞かれて、なんだか責められているような気がしてきて、頭に来て電話を切った。

――そいつらはそいつらの事情で行ったんやろ。俺は俺の事情で行ってるんや。知ったことか！

俺の一番好きなカメラマン、南アフリカ人のケビン・カーターのことが頭に浮かんだ。飢餓がまん延していたスーダンで、うずくまるやせ細った少女を狙うかのようなハゲワシを撮った「ハゲワシと少女」で１９９４年のピュリッツァー賞を獲ったカメラマンだ。彼は撮影後にハゲワシを追い払い、少女が無事に歩き出すところまで確認しているが、「なぜ撮影せずに助けなかったのか」と批判を浴び、受賞から２カ月後に自殺した。

俺はそうした批判的な見方はしなかった。飢餓に苦しむ人々の姿を象徴する決定的な写真だと思った。しかし、実際に本人がどのような行動をとっていようと、その一枚の写真が、人によっては全く違う受け取り方をしてしまうのだということも知った。

だがここで思い浮かんだのは、彼が批判を浴びる中で自殺したという点だ。自分とは全くレベルの違う話だが、バッシングされることで人生が変わってしまうことがあるということだ。ジャーナリストでもない旅行者の俺でも、撮影した写真や動画をフェイスブックに上げて少しでも伝えることで、お世話になったシリア人たちの役に立てるかもしれない。最前線に身を置く中でそう思い至ったはずだった。しかし、バッシングされるかも、という恐怖で写真をフェイスブックに載せるどころか、インターネット自体あまり触らず息を潜めていた。

第二章

みかん箱で勉強した少年時代

　１９６７年、徳島県美馬《みま》郡脇町（現・美馬市）に生まれた俺は、山中の一軒家で３人兄弟の次男として育った。隣の家まではくねくねとした山の中の道を２００メートル、一番近い店まで歩いて40分、小学校までは1時間という自然の中で野生児のように育った。大人になってから狩猟を趣味にするようになったのも、山の中にいると落ち着くからだろう。

　父は建設会社で働く土木作業員で、柿の葉寿司や柿の葉茶に使われる柿の葉を栽培して売る兼業農家でもあったが、一家は貧しく、俺が小学校に通っている間は就学援助を受け、給食費、教材費、修学旅行費などが支給されていた。家は築90年近い木造の茅葺きのような建物で、トタン屋根になったのはようやく小学生になってからだ。

　母も土木作業員をしていたが、苦労して稼いでも女性の給料は安く、ほとんどは３人の息子を育てる食費に充てていたようだ。特に趣味のない父はわずかに残った金を増やせるはずもないのにパチンコにつぎ込んでいた。

漫画のような話だが、小学生のころ俺が使っていた机は、親戚のみかん農家からもらってきたみかん箱だった。俺はみかんの収穫に駆りだされて小学生にして畑でトラクターを操っていたが、今考えればお小遣いももらっておらず、ご褒美はそのみかん箱くらいだった。兄には長男として勉強机が買い与えられていて、俺は悔しくて自分で板をのこぎりで切ってきて本棚を作り、みかん箱に取り付けて勉強机のようにして対抗したものだった。

貧しい暮らしではあったが、自分でいろいろ工夫すればなんとかなるし、貧乏だという認識もなく、メシも腹いっぱい食わせてもらって元気に育った。

自転車で1時間かけて通った中学校では3年間柔道部に所属して体を鍛えた。自分用の勉強机も親戚のお古をもらってついに手に入れ、そこそこ勉強もできたので、地元の公立高校に進学することも恐らく可能だった。しかし、父の「そんな金ないで」の一言で吹き飛んだ。

後から知ったが、兄は奨学金をもらって公立高校に通っており、事前にそれを知っていれば自分も同じようにできたかもしれないが、両親も兄も担任もなぜか何も言わなかったので、中学生の俺にはそんな知識もなく進学は諦めるしかなかった。

兄は高校に入ったころから庭にプレハブの独立した勉強部屋を与えられていて、ほとんどそちらにいたので俺は相談することもできなかった。田舎ではよくあることだが、長男だからと特別扱いされているように見える兄に対抗心があったのかもしれない。

中学を卒業したのは1982年。日本経済はオイルショックの不景気を乗り越え、自動車や家電製品の輸出を伸ばし、１９８０年代後半のバブル経済に向けて経済規模を拡大しつつある時代だった。しかし、徳島の田舎町に中卒で雇ってもらえる職場はなかった。中学に来ていた求人は３社だけ。いずれも県外の工場勤務だ。

選択肢もないまま、俺は中学を卒業してすぐ、滋賀県大津市の紡績工場で住み込みで働き始めた。

自力で生きる10代のトシ

中学を出てすぐ滋賀県大津市の紡績工場に就職した俺は、当然、親元を離れて寮で暮らすことになった。

月給は12万〜13万円程度だが、最初の給料を受け取るまでの生活費が必要だ。父が持たせてくれた封筒に入っていたのは５０００円だった。実家には本当に金がなかったのだろう。俺は、寮の近くのパン屋で１袋50円のパンの耳を買ってきて腹を満たしてしのいだ。

親元を離れて最初の１週間はホームシックになったが、同世代の同僚や友だちもいたし、寂しくはなかった。実家を出るまでは存在しか知らなかった焼き肉や寿司や、メロンも先輩にごちそうしてもらって食べることができた。

しかし、中学を出てすぐで、それまで外で働いたことなどなかったためか、いまとなっては理由を覚えていないが、何か気に入らないことがあって上司を殴り、半年で紡績工場を飛び出してしまった。自分で学費を出して通い始めていた定時制高校もそれっきりになった。

兵庫県尼崎市に住んでいた母方の伯母を頼り、すぐに市内の鉄工所に職を得た俺は、再び寮に入って自力で生きていくことになった。２人部屋で一緒だった先輩の勧めで近くの定時制高校に編入し、同世代の友だちもできた。

給料は、寮費や食事代を引かれて16万円程度だったが、１人で生きていく分には十分だった。正月に実家に帰った際には、両親に１万円ずつお年玉もあげることができた。悩みといえば、仲間とディスコに遊びに行って女の子をナンパしても、寮には連れ込めなかったということくらいだ。ただ、夜が楽しくて定時制高校は出席日数が足りず、留年が決まった3年生の終わりで中退してしまった。

１９８０年代も半ばにさしかかり、世の中の景気もよくなってきて、よいバイトが見つかった。一日フルに働けば月18万円はもらえるということで、喫茶店で働き始めた。鉄工所は辞め、寮を出てアパートでひとり暮らしを始めた。

自力で稼ぐことができたので人生に希望があった。一生懸命働きさえすれば、貧乏な暮らしをしないで生きていけるという自信もついた。

満たされた結婚生活

21歳になって、将来も食っていけるような資格があったほうがいいと会社の同僚に勧められ、建設資材を運ぶトラック運転手になった。日本はバブル経済へとさしかかり、物流も盛んになっていくらでも仕事があった。

運転していたのは4トントラックだったが、実際には10トン近く積んで運んだ。当時も規制はあったが取り締まりが今ほど厳しくなく、2倍、3倍の過積載は当たり前の時代だった。運ぶ量が多くなれば荷主は儲かり、運転手も給料が増えるので、20代の俺も月給50万円近くにはなった。安全性よりもイケイケだったバブルの〝恩恵〟ということでもあったのだろう。

トラック運転手なら中卒も大卒もなく給料は同じだ。バブルの時代には20代でももっと稼ぎのある職業はいくらでもあっただろうし、高校、大学へ行っていたら違う世界を見ることもできたかもしれない、と思うこともあったが、生活に困ることもなかったし気にはならなかった。

結婚したのは27歳のときだ。友人に連れられて行って以来よく通っていたスナックで働いていた2歳下の女性だ。彼女は中学生のころ、父が放蕩生活の果てに借金をつくって夜逃げをし、母子家庭で生活が苦しかったために中学を卒業してから進学せずに働いていた。そうした少し似た境遇だったこともあって惹かれ合ったのかもしれない。

結婚してすぐに長女が生まれた。それまで子どもには特に興味はなかったが、初めて子どもを抱いて「なんて可愛いんだろう」と心底思った。3年後に次女、さらにその後、三女も生まれた。

小学校に入った娘たちは、「今日、学校でこんなことあったで」というような話をよくしてくれた。子どもたちはキャンプが好きで、毎年3回くらいは山のキャンプ場へ泊まりがけで行った。釣りに行ったり、海へ行ったり、毎年どこかへ遊びに行った。

俺は中学を出てから親元を離れたが、貧乏だったのはしかたがないことだと思っていたので親に恨みはなかった。毎年、実家に家族で帰ったし、娘たちが小学生になってからは祖父母と孫たちだけで気を使わずにいられるよう、交通費と生活費を持たせて娘たちだけ先に行かせるようになった。娘たちも祖父母になついていたようだった。

子どもたちが大好きだった俺にとっての生きがいは、家族のために一生懸命働いて稼ぐことだった。バブルが崩壊し、過積載の取り締まりも厳しくなって収入が減り、必死に働いても家に帰れるのは週に1日だけ、などということもあったが、生きがいがあったからこそ頑張って働くことができた。

食品関係の運送をするようになっても忙しさは変わらず、決して裕福な暮らしというわけではなかったが、幸せな生活だった。貧乏か金持ちかなんて価値観の問題で、たとえ金がわずかしかなくても無駄遣いをしなければ、貧乏だということはないと思う。山の中で育った俺にとっては当たり前の感覚だ。

だから、実家が貧乏で高校には行かせてもらえなかったが、自力で生きるようになってからは不思議と金に困ったことはない。親の苦労を見て育ったので博打もしない。毎年2回ほど宝くじを買うくらいだ。毎月しっかり貯金していたし、俺は毎月の小遣い3万円で頑張った。娘たちの将来のために学資保険にも入っていた。家族に金の面で苦労はさせなかったはずだ。

娘たちが大きくなってきて、一家に目標ができた。長女が高校受験、次女が中学受験を目指すようになったからだ。特に次女は成績がよく、関西でも優秀な進学校に入れそうな勢いだった。

実家が貧乏で高校に行かせてもらえなかっただけに、娘たちにはしっかりした教育を受けさせてやりたかった。俺自身が中卒だから苦労したということではないが、将来の選択肢がなかったのは確かだ。バブル崩壊以降は給料も下がってきたが、かといって中卒で40歳近くにもなってほかの職業に就くというのは難しいことだった。

小学校の卒業文集に俺は「将来は刑事になりたい」と書いていた。テレビドラマで流行っていた「太陽にほえろ！」の影響を受けただけのことだったが、高校、大学を出ていれば、小中学生のうちはなりたいものがなくても、将来の可能性は広がるはずだ。娘たちには、看護師でも教師でもいい、どこに住んでも、どこへ嫁いでも食べていけるような資格や技術を身につけてほしかった。

生きがいを失ったトシ

俺と同じように中卒だったヨメも、きっと同じような期待をしていたに違いない。

ヨメは娘の受験に特に熱心だった。頑張って勉強するよう、とにかく発破をかけ続けていた。俺も、娘といっしょに問題を解くなどして勉強を教えることもあったし、俺なりに応援していたつもりだ。

ただ、娘たちが私立の中高に進学すれば学費や交通費で毎月15万円以上はかかるようになるし、稼がなければいけないので俺はとにかく働いた。1週間以上も家に帰れないこともしばしばだった。

一方で、このころ趣味で始めた狩猟をやりに、受験が近づいてきた冬の間も週末には山へ行くようになっていた。受験するのは本人たちであって、応援はしていてもうるさく口を出さないほうがいいだろうと俺としては思っていた。

ところが、娘たちの大事な時期に家を空けていた、ということが熱心でないように見えてヨメにとっては腹立たしかったのかもしれない。特に受験の半年ほど前から子どものことをきっかけに、些細なことで言い争うようになってきた。

俺の小遣いはあくまで月3万円だけだが、家計にゆとりがなくなってくるということもあってヨメは口うるさくなってきた。小さなことが積み重なってたびたび大きなケンカになった。1週間も口をきかないこともあったし、それが嫌で家で寝ずにトラックに寝泊まりしたことも何度もあった。

関係修復のためにルイ・ヴィトンのバッグ、セカンドバッグ、財布の3点セットを買ってプレゼントしたこともあった。計30万円も出して奮発したのに、ヨメは薄笑いして受け取っただけだった。

それでも子どもたちがいるし、受験という家族共通の目標を持っていたことでかろうじて夫婦はつながっていた。

しかし、2008年の2月、娘たちの受験は失敗し、決定的なものが切れてしまった。受験をひかえてずっと体調が悪いのを我慢していたヨメは、すぐに子宮筋腫の手術を受けた。そうしたことを俺が理解してあげられなかったということはあったかもしれない。

その1週間後、ヨメは俺に「離婚してほしい」と言った。それまでにも「離婚しろ」と言われて売り言葉に買い言葉で「ああ、離婚届書いちゃるわ!」と実際に書いたこともあったが、今度は冗談ではすまなかった。

「子どものためにも離婚はしたくない」

「いいから離婚して」

「親権とか、養育費のこととかどうするんや」

「それも後でいいから離婚して」

離婚の理由として持ちだされたのが俺の過去の悪事だ。長女が生まれたばかりのころに、テレクラで知り合った女性と会っていたことがあり、女性のメールから発覚したのだ。当時も俺の小遣いは3万円で、テレクラ代もそこから出していたことを考えれば分かるように、本当にごくたまに遊んでいただけだったが、そんなのは言い訳で、ヨメには当然許せないことだった。だが、それももう何年も前の過ちであって、俺としてはすでに解決したつもりだった。それでも、ヨメとケンカしてトラックに寝ていたことまで過去の話に関連付けて疑いをかけられ、不利になる一方だった。

3月半ばに離婚届を出したが、離婚してもすぐに住む家を確保できないので、しばらく同居を続けることになった。だが元ヨメは解放されたかのように、その週末に「友だちと飲みに行く」と言って出ていったまま外泊した。次の週末も、その次の週末もそうだった。

4月に入り、私立高校に進学した長女と、地元の公立中学に決まった次女の入学式がすんですぐ、ヨメは俺に言った。

「あんた、一緒にいてもいたたまれないやろ。出ていき」

とりつく島もなかった。

元ヨメは以前からのパートの事務員の仕事を続けていたが、月給は手取りで16万円程度だ。しかし母親ということで3人とも親権は元ヨメが持つことになり、月3万円の市営住宅から引っ越すと家賃を払うこともできないということで、俺が家を出ることになった。

金の使い道もないので近くにマンションを買った俺のところに突然、次女がやってきたのは1年後のことだった。元ヨメとケンカをして出てきたという。元ヨメにすでに交際相手がいることも分かった。次女はそのまま3カ月ほどいっしょに暮らし、その間は長女も三女もたまに遊びにきたので、賑やかで俺はうれしかった。

子どもがこちらに来ている関係で元ヨメと電話で頻繁に話すようになった。受験に失敗して地元の中学に通っている次女は、どうやら荒れているらしい。同級生とケンカすることもたびたびあり、元ヨメは学校に何度も苦情を言っているという。

学校からも、元ヨメから苦情が来ていることを聞いたが、学校側はそのことをよく思っていないような様子だった。子ども同士のことに口を出すべきではない、という考えの俺と元ヨメとは考え方が違い、離婚してからも電話で再び言い争いをするようになった。

そうしているうちに、3カ月後、次女は何も言わずに元ヨメのところへ帰っていった。やはり姉や妹のいるところで暮らしたいのかもしれない。でも理由は分からない。

俺の家から数百メートルのところに住んでいるはずだが、元ヨメには男がいるようだし、子どもだけならいいが、男の意地があるから俺の方から会いに行くつもりはない。

結局それっきり、娘たちとは会っていない。

逃れられない孤独感

離婚後しばらくしてから、頭頂部がしびれるようになった。皮膚科に行ったが原因が分からず、神経科、脳神経外科と回ったが頭を打つなどしたわけではないので、問診されただけで心療内科へ行くように言われた。つまりメンタルの問題ということらしい。

子どもと会えなくなってから想像もしなかったほどの孤独感に襲われた。これまで頑張って働いていたのも子どものためという目標があったからだ。目標を失った喪失感が俺の心を蝕んだ。家に帰っても誰もいない。仕事をしている理由もなんだか分からない。

ふとしたことで運転しているトラックを停めて、シートベルトを首に巻き、シートを倒して自殺しようとしたこともあった。意識が遠くなりかけたところで思いとどまる、ということが何度かあった。

家で食べるものといえばカップラーメンかマヨネーズかけご飯くらいになった。結婚前から入っていた年金保険も財産分与を求められて解約し、まとまった額を元ヨメに渡している。自分の身体などどうでもよくなったし、将来とかそういうものを考えることもできなくなった。

中学を出てすぐ親元を離れたときは、周りに同世代の同僚や友人もいたし、何より若かったので、未来のことばかりを考えていられた。40歳を過ぎた今、かつての友人たちはみな家庭があり、昔のように気軽に誘うわけにもいかないし、頭に浮かぶのは幸せだった過去のことばかりだ。

見るからに憔悴していたのか、友人が海外旅行に誘ってくれた。この友人がよく遊びに行くというタイとラオスへ一緒に行くことになった。俺にとって初めての海外で楽しかったが、ホテルで同じ部屋だったので自分の時間がとれず息がつまった。

特に金持ちのわけでも偉いわけでもないこの友人が、タイ人に対しては大きな態度をとっているように見えて嫌な気分になった。日本人が金持ちそうになれるのは単に日本の経済力が強いからであって、別に自分たちが偉いわけでもなんでもない。彼には彼の考えがあるのだろうが、それ以上、一緒に旅行する気にはなれなかった。でも、海外旅行という今まで知らなかった楽しみを教えてくれたのはありがたかった。

次の休暇に今度は1人でカンボジアに行った。有名なアンコール・ワットを見てから、東側のジャングルの中にあるベンメリア遺跡もまわった。修復もされておらず損傷が激しいが、自然の中で朽ちていっている姿も神秘的で印象に残った。

ベンメリア遺跡の近くで現地の女性に声をかけられた。ノートと鉛筆を買ってほしいという。そこは孤児院の前で、そうして観光客に物を売って運営費の足しにしているらしく、孤児院の中も見せてくれた。俺はノートと鉛筆を買って、それも寄付して立ち去った。

帰りのタクシーの中で「なんでもっと買わなかったのだろう」と悔やんだ。その後、アンコール・ワットの周りで物売りをしている子どもを見たときも、「もっと助けてあげればよかった」と思った。

翌日、また孤児院を訪ねてノートと鉛筆を寄付したいと言うと、「それならばコメが欲しい」と言われた。さっそくコメ屋へ行き、50キロで25米ドルするコメを200ドル分、400キロを買って持っていった。

2008年のこの時から、カンボジアを訪ねるたびにこの孤児院にコメ400キロを寄付するようになった。孤児院で子どもたちと遊ぶのが楽しみになって、ガイドブックにあるような観光地に行くよりも、人々の暮らしの中に入っていきたいと思うようになった。

この頃からスラム街を歩くようになった。貧しくてきれいとは言いがたいけれども、人々が懸命に生きている様子が、自分自身の家も貧しかった昭和の日本のような気配があって好きだった。現地に溶け込みたくて生水も平気で飲んだり、仲良くなった親子と食事に行ったりもしていた。

それでも満たされない部分があった。孤児院の幼い子どもたちと遊んでいても、会えなくなった自分の娘たちの幼かったころの姿が思い浮かんだ。少しでも孤児たちの助けになればと思ってのことだが、自分の寂しさを埋めるために娘たちの代わりを探していただけなのかもしれない。夜に宿で1人になれば、自分は1人なんだ、ということを思い出すだけだった。孤児たちを慰問して自分なりの支援をしてみても、自分自身の娘の面倒を見ることもできない父親である、という事実は消えないのだ。

家族を守るためにがむしゃらに働いてきたつもりだった。子どもたちが一緒にいたときは夢も希望もあった。しかし離婚してからは守るものもなく、なんのために生きているのかも分からないようになってしまった。何か生きていくための目標が欲しくてさまよっていた。

第三章

失うものは何もない

カンボジアには2010年までに3回通い、毎回孤児院を訪ねていたが、ある日、友人に孤児と撮った写真を見せたところ、「お前、子どもまで買うてるんか」とからかわれたことがあった。誓って買春などしていないし、他人に褒められたくてやっていたわけでもないが、またカンボジアに行っても同じことを言われるのかと思うと気持ちが萎えた。

孤児たちのために寄付をして一緒に遊んでいるのは、会えなくなった娘たちの代わりを求めていただけなのかもしれない。しかし孤児たちは孤児たち、娘たちは娘たちであって代わりになるわけもない。孤独感が薄らぐこともなかった。

失ったものの代わりを探すのではなく、今まで知らなかった新しい世界を見たいと思った。

そのころ中東では、民主化などを求める反政府運動「アラブの春」が広がっていた。2010年12月のチュニジアにおける青年の焼身自殺が引き金となった「ジャスミン革命」をきっかけに、翌2011年1月にはエジプト、2月にはリビア、イエメン、そして3月にはシリアで大規模な反政府デモが始まり死傷者が続出していた。

テレビの画面に映る、装甲車に向かって石を投げている民衆の姿に強烈に惹かれた。彼らは自由を求め、幸せになるために命をかけて戦っているという。何のために生きているのか分からなくなっていた俺は、人々が生きるために発しているその強烈なエネルギーに憧れた。

2011年5月に2週間の日程でとりあえずエジプトに飛んだ。大規模デモが繰り広げられたタハリール広場にも行ってみた。しかし、29年間独裁政治を行っていたムバラク大統領はすでに退陣し、デモの熱狂は過ぎ去っていた。その足でレバノンに渡り、陸路でシリアに入ったが、ダマスカス近郊でどうやってデモを見つければいいかも分からず帰国した。完全に失敗だった。

シリア情勢は急速に悪化した。死傷者数が日々拡大し、7月には政府軍からの離反兵らが「自由シリア軍（FSA）」を結成し、武力抵抗を始めていた。反政府デモへの弾圧は続いていたが、国連安全保障理事会ではシリア政府への非難決議案がロシア、中国の拒否権行使で否決されるなど、国連は何も対応できない状態だった。

こうした状況をニュースで見て、もう一度、今度は反政府デモが激しく行われているという西部の第三の都市ホムスだけを狙っていくことを考えた。ネット上の動画を見る限りかなりの規模でデモが行われており、ホムスにさえ入ればたどり着く方法もありそうな気がした。

行くのは年末年始。アラブ諸国でつくるアラブ連盟がシリアに監視団を送っており、本格的な武力弾圧や戦闘はなさそうな気配だった。しかしいつ何が起こるか分からない。5月に何日かダマスカスに行ったときも秘密警察が厳しく庶民や外国人を監視している気配を感じていた。デモ隊に近づけば自分にも取り締まりの手が伸びるかもしれない。

人はいつか必ず死ぬ。どんなかたちであれ、死は必ずやってくることだ。しかし、自由を求めて戦っている人々が次々と命を落とし、一方で自分のような夢も希望もないような人間がなんとなく生き延びている。この不公平さは何なのだろう。

今度は行けるところまで行ってやろうと思った。命がけで戦っている人々のところへ少しでも近づきたい。自分には家庭もないし、仕事もなんのためにやっているのか分からなくなった。失うものは何もない。その喪失感が自分の背中を押した。

出国前に、自分のクレジットカードについている保険と、もともと加入している積立式の生命保険、掛け捨ての海外旅行保険で、死亡した際には最大で計1億1000万円の保険金が出るように契約した。受取人は子どもたちだ。自分の生きた証を金として子どもたちに残せる。

死のうと思っているわけではない。でも自分が死ねば、会えなくなった子どもたちとつながることができる。そんなことを考えながらザックに荷物を詰め込んだ。

秘密警察にどやされる

2011年12月24日、シリアの首都ダマスカスの空港に到着した。すでに夕方だ。バスに乗り30分ほどで市内のバス停に着いた。世界遺産でもある旧市街の近くのようだ。ガイドブックを開いて近くのホテルに目星をつける。

今回は日本から折りたたみ自転車を持ってきていたので、さっそくここで空気を入れる。シリアではいたるところに秘密警察がいて人々を監視しており、5月に来た際にはどこかへ行くたびに注意された。公共交通機関を使おうとすると連中の目につきやすいので、自転車なら自由に動けるのではないかと考えて、わざわざ日本から持ってきたのだ。ちなみに、連中はみな私服で、ジャケットの下に拳銃を隠している。制服を着ているのは交通整理のお巡りさんだ。

自転車の準備ができたのでさっそくこぎだすと、何か様子がおかしい。すぐにチェーンが外れる。よく見ると前のスプロケット（歯車）が曲がっている。

——何やねん！　曲がっとるやんけ。まさかアサドの命令か！

心の中で悪態をつきながら持っていたスパナで直そうとしたがまるで動かない。仕方なく自転車を横に倒してスパナを差し込んで体重をかけ、グイグイとやったらどうにか乗れるようになった。

さて、今日の宿は旧市街の入り口にある1泊600シリアポンドのホテル・サルワンだ。路駐しているタクシーの運転手に道を聞きながら30分ほど走って到着した。ひとまずチェックインをすませてしばらく部屋で休憩だ。

腹が減ったので食い物を探しに自転車で旧市街に向かった。何やら音楽が聞こえてきたので行ってみると、露店でCDを売っていた。アラブのノリのいいポップスだ。

自転車を止めて聞いていると、「CD買ってくれよ」とおやじが言った。

「いらないよ。その代わりダンスを見せてやるからボリューム上げてよ」

俺が得意のロッキング（ロックダンス）をやってみせると、いつの間にか人だかりができていた。

「ビデオ撮るからもう一回やってくれ」

というようなことを言われて調子に乗って踊っていたら秘密警察の登場だ。

「やめろ！　どこかへ行け！」

「お前は警察か？」

「そうだ！」

ジャケットの隙間から銀色の拳銃が見えた。ここは逆らってもどうにもならない。反政府デモが国中で行われているこの時期は特に、人々が集まること自体がアサド政権にとっては警戒すべきことなのだろう。

――しゃーないな！　しかし来るのが早かったな。街中にゴロゴロいるんか？　ヘタに目立つとややこしくなりそうやな。晩飯でも買ってホテルに帰るか。

ホテルに帰る前に、せっかく中東に来たのでアラブらしい雰囲気のカフェに寄って水タバコとお茶を頼んだ。

――この店にいる連中はアサド派なんかな。なんかダマスカスはおとなしいな。人はたくさんいてるのに活気がない。やっぱり秘密警察の目があるからか？

なんとなくそんなことを考えながら水タバコを吸い終えてカフェを出る。古い町並みを見ながら自転車を押して散歩した。

旧市街は古い町並み自体が世界遺産になるだけあって、なかなか情緒があっていい。石畳の狭い路地が迷路のように入り組んでおり、両側の建物の上階は出窓のようになっていて、路地に覆いかぶさるように建ち並んでいる。よく見ると、手がドアをノックしているような形のドアノブをつけた家があった。おしゃれな街だ。

ホテルの近くでチキンのモモ焼きを買う。すごくいい匂いだ。薄いパンも2枚ついてきた。ビールも買ってきて、ホテルに持ち帰って食べた。

いよいよ明日は、反政府デモが盛り上がっているホムスへ行く。

反政府運動の聖地ホムスへ

２０１１年12月25日、朝早くホテルを出てタクシーに乗り、シリア西部の都市ホムス行きのバスが出るバスターミナルに行った。ターミナルは広くていろいろな店がある。ひとまずサンドイッチ屋で腹ごしらえだ。

朝食を頬張りながらチケット売り場の場所を聞き、なんとか見つけてチケットを購入した。その際、パスポートの提示を求められ、パソコンに名前とパスポート番号が入力されているのに気づいた。少し不安になったが、他のシリア人の乗客も身分証明書を提示していたし、チケットは簡単に手に入った。

――俺の行動、政府にまる分かりやんか。本当にデモをやっているところまで行けるんかな。ホムスの情報はデモをしているという以外、何もないもんな。

ホムスはダマスカスの北約１１０キロにあるシリア第三の規模を誇る都市だ。２０１１年３月に本格化したシリアの反政府運動は一気に各地に広がり、ホムスでも休日である金曜日のたびに数千人規模のデモが行われている。４月の段階ですでに死傷者数十人が発生し、５月には武装集団が政府軍や警察の検問所を襲撃して兵士に死者が出ている。その後も継続してデモが行われ、たびたび政府軍と衝突しているという。

そのような場所に観光客として入れるのか心配だったが、とりあえず行ってみるしかない。乗客はシリア人ばかりで、外国人は俺一人だ。ダマスカスを出たバスは、一度検問で止まり、パスポートチェックをされたが、それも簡単に終わり、あっけなくホムスのバスターミナルに着いた。

ここで日本から持参した簡易型のＧＰＳを取り出し、この場所を登録しておく。なんとなくだが反政府デモが激しい場所だし、タクシーが走らないような状況になったら自転車で来なければならない、なんてこともあるかもしれないからだ。

まずはタクシーで市内に向かう。ホムスといえば時計台の広場が有名で、デモもそこを中心に行われているらしい。持ってきたガイドブックにも時計台周辺の地図が載っていたので、運転手に見せて「ここに行きたい」と指さしただけで通じて5分程度でたどり着いた。

その着いた場所は、ＡＫ－47で武装した警察官が道路の両端に１００人ほどいて、装甲車まで止まっていた。

――ありゃー、えらいところに来たな。みんなフル装備やんけ。周りの店もみんな閉まっとる。こんなところにホテルなんかあるのか？

警察官にホテルの場所を聞くと、2軒だけ開いているという。両方を見て、値段が安いほうのホテルにした。警察官がたむろしている場所の目の前だ。とりあえずここも自力で戻ってこられるよう、ＧＰＳに登録する。

――しかし周りはお巡りさんだらけで、市民が誰もいてないやん。いったいどこでデモしてるんやろ。

荷物を部屋に置いて、さっそくデモ隊を探しに外へ飛び出した。

スナイパー通りやんか！

あてもなく自転車をこぎ始めると、遠くに反政府デモ隊らしい集団が見えた。

――やった！　念願のデモが見れる。

さっそく向かったが検問があり、封鎖されていて警察官は「ここから先へは行けない」と言った。

――そう言われたら行きたくなるわな。迂回していくしかないか。

警察のいないところを選んで迂回していくうちにデモ隊が見えてきた。今度は警察の邪魔もなく近づけそうだ。

デモ隊の後ろで自転車にまたがったまま写真を撮っていたが、どうも自転車が邪魔だ。すると手招きしている男性がいた。彼の家に置いといてくれるというので甘えさせてもらった。

デモ隊の人数は300人くらいか。シリアのデモは、太鼓でリズムを取りながら歌で表現する。男性が呼びかけるように歌うのに合わせてデモ隊も声を上げげる。

デモ隊の中心まで行って夢中になって撮影していると、デモ隊が移動し始めた。しばらく進むと止まってみんなその先を見ている。100メートルほど先に黒い人だかりがあった。先ほどの警察の検問だ。デモ隊の歌が激しくなり、緑のラインが入った大きな反政府の旗を広げだした。

——こいつらやるなー。警察をあおってるやん。撃ってくるん違うか。

しかしこの時は、警察はおとなしいものだった。国連の報告では、シリア国内ではこれまでにすでに5000人以上が死亡していたが、国連安全保障理事会でのシリア政府への非難決議はロシア・中国の拒否権発動によって否決されていた。国連は何もできない状態だったが、この時期にはアラブ連盟の監視団がシリアに入っていた。シリア政府が平和的な手段での解決を試みているかを確認するためのもので、それでこの頃は警察も強硬な手段には出なかったのではないか。

デモ隊はまた移動し始めた。今度は右側からの通りが交わる丁字路の手前で止まった。左側はアパートがあって行き止まりだ。丁字路の向こう側でも別のデモ隊が集まって旗を振っている。どちらもこの丁字路を越えていこうとしない。

どういうことやろ、と思いながら反対側を撮影していると、こちら側から反対側へと1人の男性が走っていった。

その瞬間、銃声が2発。アパートのコンクリートの壁が砕けて白煙が上がり、窓の鉄枠から火花が散った。まるで映画の世界のようだが、間違いなく実弾が使われている。

——ここスナイパー通りやんか！

右側へ向かう通りを見ると、200メートルほど先に政府軍の装甲車が止まっていた。着弾した場所はほぼ人間の頭の高さだ。本当に狙っていたとしたら水平に撃ったということになる。デモ隊が通らないということは、ここは以前からスナイパー通りになっているということだ。政府軍との間に政府軍でない何者かがいて撃っているとしたら、政府軍が放置しているのはおかしい。やはり政府軍が撃っているとしか考えられない。

——初日からなかなか激しいな。しかし、政府の奴ら、マジで撃ってきたよな。弾道の高さはあっていたから、あと1メートル前を狙っていたら当たっていたな。

自分も日本で狩猟をしているので、大体のことは分かる。

1人の男性が俺の腕をつかんできた。「向こう側に行くぞ」というようなことを言っている。

——お前、いまの見てたやろ！　マジかよ！

「用意はいいか」というようなことを言っている。

——用意も何も、行きたくないんやけど！

彼が俺の腕をつかんだまま走りだした。慌てて俺もついていく。

——俺、日本人だから、お願いだから撃たないで！

コケそうになりながらなんとか向こう側に着いた。この男性が俺の腕をまるで勝者かのように上に持ち上げると、デモ隊の歓声がヒートアップした。この中で外国人は俺だけだ。日本人は顔が違うのでよく目立つ。外部の人間が参加しているように見えるのは心強いのかもしれない。

——こっちに来たんはええけど、自転車が向こう側やからまた渡らんとあかんやんか。

政府側を撮影してデジカメのモニターで確認したが、装甲車が1台写っているだけでよく分からない。いつまでもこちら側にいるわけにもいかないので、今度は1人で渡るしかない。

俺は猟師なので鉄砲に恐怖はないが、本当に人を狙っているということが分かって緊張した。動物の場合は団体で縦の列で通るので、1匹目で外れても後からくる奴を狙える。つまり、他の人が走った後にすぐ続くと撃たれるということだ。しばらく待ってから、意を決してなんとかコケそうにならずに走り抜けた。猟師をやっていて助かった。

デモは1時間ほどで終わり、自転車を預けていた家に取りに行った。お茶を出してくれたのでいただいておいとましました。GPSを頼りに少し遠回りをして、警察官がたむろしているホテルの前まで帰った。腹が減ったので飯でも食いに行こう。

「お巡りさん、このあたりにレストランないの」

「ないよ。このあたりは全部閉まってる。この前にサンドイッチ屋ならあるよ。500メートルくらい行った左側だよ」

教えられた先は少し上り坂で、何度も来たくないので、まだ昼だが晩飯も買っておくことにした。店員にサンドイッチを3つ頼み、外でタバコを吸っていると、前の店がどうやら酒屋のようだ。ここでビールを2本買った。

ホムスにはイスラム教スンニ派の住民が多いが、キリスト教徒も少数だが住んでいる。こうした酒屋をやっているのは多くはキリスト教徒だ。反政府デモが盛り上がっているが、政府側支持者の多いキリスト教徒もまだこの時期は普通に暮らしていたようだ。しかし、いずれ内戦状態になるに従い、彼らも争いに巻き込まれていく。

できあがったサンドイッチはさっそくその場でひとついただき、また自転車で下り坂をのんびりと帰った。冬の風が気持ちいい。

ホテルに戻ると、オーナーが昼間からエロビデオを見ていた。衛星放送で流れてくるロシア人モノを一日中見ているらしい。俺は部屋で1時間ほど昼寝をしてからパソコンで映画を見ていたが、エロビデオが気になってしかたがないので、フロントで一緒に見ながら晩飯を食べることにした。

このホテルは、シリア人のオーナーとパレスチナ人の従業員の2人だけで、泊まっているのは俺だけだ。

「今日デモを見に行ったんだ。アル＝ジャジーラを見せてよ」

オーナーに頼むと、少しだけ見せてくれたがすぐエロビデオに戻されてしまった。どうも様子が変だ。オーナーがトイレに行った隙にパレスチナ人が近寄ってきて俺にささやいた。

「奴は政府側の人間だから気をつけろ。反政府デモの話なんかするな」

シリアのホテルはよそ者の監視をする機能もあるという。しかし、誰が政府側で誰が反政府側なのかが分からないのは、現地の人々にとっても恐ろしいことではないかと思う。

観光客らしく観光地ハマへ

2011年12月26日、今日はハマの水車を見に行くことにした。ハマはホムスから北へ約50キロの観光地だ。周辺は豊かな農業地帯で、その灌漑用に紀元前11世紀ごろから利用されてきたという16基の大きな水車があることで有名だ。

俺はそもそも観光客だが、こういう普通の観光地に興味はない。完全に今回の目的は反政府デモを見ることだ。しかし、デモばかり見ていて政府ににらまれると面倒なので、あくまで普通の観光客としてふるまうことにしたのだ。滞在しているホムスは古くからの交通の要衝で、どこに行くにも便利なので、ホムスを拠点にしてあちこち観光に行っていれば、長期滞在していても特に不自然ではないのだ。

「ハマの水車を見に行ってくるよ」

ホテルに言い残して日帰り用の軽装で玄関を出た。ホテル前でタクシーが通るのを待ったが、30分たっても見当たらない。タクシーどころか車自体走っていない。しかたがないので自転車でバスターミナルへ行くことにした。ホテルから真っ直ぐの道なのは覚えているし、いざとなればGPSもある。

――しかしこれ、自転車がなかったらどこにも行けてないやん。

途中の検問もパスポートチェックだけで簡単に通れてバスターミナルに着いた。チケット売り場でもチェックされたが、無事に購入できた。ハマまではバスで1時間程度だ。

ハマのバス停で水車の場所を聞いて、自転車で向かった。特に検問などもなく到着して、ガイドブックにあるような写真を撮ることができた。

しかし、カメラを構えていると後ろから視線を感じた。振り返ると高台から兵士がこちらを見ていた。いたるところに警察と軍隊がいる。ハマでも大規模なデモが行われているようだ。

ハマでは1982年に、イスラム教スンニ派のイスラム主義組織ムスリム同胞団による反政府運動が広がり、バッシャール・アサド現大統領の父親であるハーフィズ・アサド大統領の時代に政府軍による殲滅作戦が行われ、爆撃機からの空爆と戦車からの砲撃で2万とも3万とも言われる人々が殺されている。同胞団関係者や支持者と見られた人々が多数拘束され、処刑された人も数多くいたという。地下に潜っていたムスリム同胞団は今回の反政府運動にも加わっており、それだけに政府側の警戒も厳しいようだ。

観光は1時間程度で終わった。それにしても寒い。とにかく手が冷たい。行くあてもないので近くにいたお巡りさんと雑談した。

「手が冷たいよ！　その手袋ちょうだいよ」

「ダメだよ。あそこの店で売ってるよ」

さっそく買ってきて見せるとお茶を出してくれた。ここの部隊のボスは渋くて格好いい。

それにしてもすることがない。一応観光はすませたし、まだ早いがホムスに戻ることにした。

銃撃される青年たち

ホムスに着いてホテルの方向へGPSを見ながら適当に自転車を走らせていると、時計台のある広場に出た。あとで分かったが、ここが反政府デモの聖地ババアムルだ。

時計台の前で写真を撮っていると、ひとりの青年が近寄ってきて「ついてこい」と言った。ついていった部屋には棺があり、男性の遺体が納められていた。30代半ばくらいだろうか。青年によると「政府軍に撃たれた」ということで、胸に穴が空いていた。

俺は観光客だが、カメラを持っているので撮影させてもらった。そのときは、このことを伝えようとか思っていたわけではないが、撮っておかないと、と思った。

横で母親らしい女性が泣き崩れていて、なんとも言えない、いたたまれない気持ちになった。

俺もそばに正座して両手を合わせた。

死者が出ていることはニュースで知っていたが、実際に見ることになるとは思ってもみなかった。なんで殺されたのだろう。なぜ政府軍はこんなことをしているのか。

ネットではいろいろな人が政府側、反政府側の立場で論争しているが、俺としてはどちらということもなくただデモが見たくてここまで来た。それが、ただ道を渡っているだけで一般人が無差別に撃たれているのを目撃することになった。俺が見る限り、武装している人間はいなかった。一般人まで武装していれば内戦だけど、これではただの武力弾圧ではないか。

明日10時にここで葬儀があるというので来る約束をした。

「腹は減っているか」と青年が言うので「うん」と答えると、インスタントラーメンを作ってくれた。麺と汁が別々に出てきた。つけ麺みたいやん、と思いながら食っていると近くで銃声がした。

「トシ、ついてこい」

青年についていくと人だかりができていた。中へ入ってみると、1人の若者が腹から血を流しており、手当てをされていた。スナイパーに撃たれたらしい。まだ意識はあったが息も絶え絶えだ。

夢中で写真を撮っていると、車がやってきてどこかへ若者を搬送していった。救急車ではない。病院は政府が運営しており、銃撃された患者を運びこむと反政府デモに参加している人間と疑われて拘束される恐れがあるらしい。

棺のある民家まで戻り、ラーメンの残りを食べてホテルに帰ることにした。外に出て自転車を押していると、子どもたちがやってきて、俺がやっていた両手を合わせる真似をした。

——反政府運動も大変やな。撃たれても病院に行かれへんもんな。自分もいつ狙われるかわからんな。スナイパー通りだけは気をつけんとあかんな。

子どもたちの相手をしている気分にはなれず、適当にあしらいながらホテルへ向かった。

葬儀に参列する

2011年12月27日、指定されたとおり午前10時に時計台へ行った。昨日の棺を見に行ってみると、中の男性は白い布で巻かれていた。

「トシ、あのアパートの上から見よう」

青年に言われて4階建ての一番上のベランダから見ることにした。時計台の周りにはすでに人だかりができており、広場の周りまであふれていた。

そこへ棺が出てきた。緑、白地に赤い星3つ、黒の反政府側の旗がかけられている。数人で神輿のように棺を担ぎ、「ラー・イラハ・イラ・アッラー（アラーの他に神はなし）！」と繰り返し叫びながら時計台の周囲を何度も回っている。大勢でついてまわるので大きな渦のようだ。自分たちのいるアパートの下まで来て、棺はそのまま人波に飲まれながらどこかへ消えていった。

葬儀が終わると、青年がホムスの街を案内してくれるとのことで、誰かに電話をし始めた。しばらく待つと車がやってきた。街の中をあちこち回ってくれるようだ。

少し進むとすぐ商店街だが、店はみんな閉まっている。よく見るとシャッターには無数の穴が空いている。シャッターのない店はガラスに銃弾の跡が残っている。ほとんどの店が銃弾を撃ち込まれているようだ。

「政府軍がやったんだ」

青年が説明してくれた。それにしても見事に穴だらけだ。辺りの地面には空薬莢が無数に転がっている。政府軍が商店街を通り抜けながら銃撃していったということなのか。両側に店が立ち並ぶ商店街の真ん中あたりの店も銃撃を受けており、目の前まで来て撃ったとしか思えない状況だが、至近距離でそこまでやるのか。

ほかにも全焼している建物もあったが、あたりは暗くなってきていてフラッシュがないとうまく撮れそうにない。しかし、こんなにウロウロするとは思っていなかったので、フラッシュや予備の広角レンズ、辞書などを入れたかばんを自転車といっしょに預けてきてしまった。

「暗いのでフラッシュないと撮れんよ」

青年に訴えると、電話をしてかばんを仲間に持ってこさせてくれた。えらい協力的だ。

案内が終わって時計台まで戻ると、置いてあったはずの場所に自転車がない。聞くと、知らない人の家の中にあった。なんでこんなところに、と思ったが、ちゃんと保管しておいてくれたようだ。シリア人は本当に親切だ。

「今夜はうちに泊まれよ」

青年が誘ってくれたが、ホテルの荷物も心配だ。

「ダメだよ、ホテルに帰るよ」

「ならうちで飯を食って帰れよ」

お言葉に甘えて青年の家で夕飯をごちそうになった。

「そろそろ帰るよ。ありがとう」

あたりはもう真っ暗だ。店は閉まっているし、大きな街なのに闇が深い。目立つけどライトをつけて走るしかない。

――撃たれないかなー。もうちょっとやー。

ちょっとビビりながら夜のホムスを走った。

閑散とした世界遺産パルミラ

2011年12月28日、今日はシリアを代表する観光地パルミラへ行く。実はたいして行く気がしなかったけど仕方がない。なんせ旅行者だから。朝から自転車でバスターミナルへ行き、チケットを買ってバスに乗り込む。

パルミラは、首都ダマスカスから北東に約230キロ、ホムスからは東に約100キロのところにある。東西交易の中継地点として紀元前1世紀から紀元後3世紀にかけて、隊商都市として栄華を極めた。立ち並ぶ巨大な石柱など数々の神殿や城がきれいな形で残されており、その遺跡群は1980年に世界遺産に登録されている。

自転車を組み立て、遺跡の見える方向へ大きな通りを行こうとすると、「止まれ」という声が聞こえた。しかし辺りを見渡しても人影はない。気のせいか、とまた自転車をこぎだすと、すぐまた「止まれ」と聞こえた。よく見ると、目の前の壁の向こう側に見張り台があり、そこから兵士が呼んでいた。

「パルミラに行くのか？　ここからは行けないから左の路地を曲がっていけ」

相手はカラシニコフ銃を持っているのでおとなしく従って、路地へ入って適当に進んでいくと、遺跡が近づいてきた。路面が石畳に変わり、自転車に乗る尻に心地よい振動を与えてくれる。

パルミラは広い。そして、誰もいない。本当に自分だけだ。ガイドブックには世界遺産と書かれているが、観光客は一人も見当たらず、入り口近くにあるレストランや土産物屋も全て閉まっている。

ここでもガイドブックのような写真を撮ることができた。ガイドブックを見れば同じ写真があるので4~5枚も撮れば十分だ。

——趣味の問題やけど、わざわざ来るまでもないな。デモみたいな人の動きがあってエネルギーがあるものは、実際に来て目で見て肌で感じんと分からんけどな。

日本から持ってきたこの自転車はマウンテンバイクなので、遺跡の中を走った。遺跡の中の一番高い場所まで上り、そこから一気に駆け下りた。そこは小さなジャンプ台のような形状になっていて、軽く飛んでコケずに着地した。

1時間ほどで飽きてきて、尻も痛くなってきたので帰ることにした。来た道を戻ることにしたが、それにしても静かだ。世界遺産の町なのに活気がなく、人の姿もちらほらとしか見かけない。

パルミラでも反政府デモが展開されたが、世界的に有名な観光地ということや、歴史的にも交易の中継地点で北東部からダマスカスへ向かう要衝にあるということなどから厳しく弾圧されているようだ。2012年の2月には政府軍による包囲攻撃が行われ、反政府側と疑われた住民が次々と拘束されて、早々に鎮圧されることになる。

紀元前〜後3世紀に栄華を極めた隊商都市の石柱や神殿が残る世界遺産パルミラを自転車で訪れた＝2011年1月28日

レストランも開いていないので、俺はここでもバスターミナルの近くでサンドイッチを食べて帰ることにした。

ホムスまで戻ると、いつも目の前を通るホテルの近くにいる警察官に呼び止められた。

「今日はどこに行っていたんだ？」

「パルミラに行っていたよ」

「それよりこの音楽知ってる？」

少し古いがアラビックポップスだ。

「知ってるよ」

俺は得意の踊りを見せてやった。お巡りさんたちもノリノリで携帯で動画を撮りだし、中にはいっしょに踊りだすのもいた。しかし、そんな楽しい時間もすぐに終わった。ボスらしき男が来て「終わりだ！　お前はホテルに帰れ！」と怒鳴りつけられた。

――やはりシリア政府は人だかりになるのを嫌っているんやな。まあ職務中やしな。仕方がない。ここでパクられたら終わりなのでおとなしくしとこう。

いつものようにサンドイッチとビールを買いに向かう。今日は道沿いに屋台が出ている。食べ物ではなくて野菜や果物などの食材だ。

――店は全部閉まっているけど、屋台だけ開くんやな。それも今日だけやん。

買い物を済ませてホテルに戻ると、オーナーはいつものようにエロ番組を見ていた。ホムスに来てから一度もシャワーを浴びていないので聞いてみたが、「明日だ。わかすのに3時間かかる」という。

——マジかよ！　ここホテルやろ！

このホテルは、セキュリティは厳重だ。入り口が鉄格子でがっちりと固められており、帰ってきた客がベルを鳴らすと中からオーナーが顔を覗かせ、こちらを見て確認する。鍵はオートロックで2階のオフィスからしか開けられない。このオーナーは政府側だし、反政府デモが行われているホムスでは警戒が必要なのだろう。だがサービスは最低だ。

エロも飽きたので今日は部屋で毛布にくるまってパソコンで映画を観ながらサンドイッチを食べた。オフィスには電気ストーブがあって暑いくらいだが、部屋には暖房がなくてとにかく寒い。分厚い毛布を2枚かぶって映画を観て、いつの間に眠っていた。

インタビューされそうになって逃げる

2011年12月29日、朝食をすませてからすぐ時計台のあるババアムルへ行く。自転車ならホテルからすぐだ。

——どこかで何かやってるやろ。

そう思いながら着いてみると、今日は子どもたちがデモをやっている。マイクを片手に歌っている子どもたちにカメラを向けると大勢寄ってきて収拾がつかなくなった。

時計台の近くに自転車を止めてしばらく歩くと、何人かのグループに声をかけられた。話を聞いてみると、どうやら私設のメディアらしい。日本から来た俺にインタビューがしたいという。

——英語でけへんのにどうしよう。参ったな。適当に話すか。

建設中のアパートの中に連れ込まれた。周りに誰もいないし、建設中だと廃墟のようで雰囲気が悪い。胸にピンマイクをつけられた。

——何かヤバいかもしれんしな。実はアサド側の連中だったりしたらヘタなこと言えんし。

カメラを向けられた。英語で政府のことを何か言っている。

「ごめん、英語できないんだよ」

適当にお断りして逃げ出した。

時計台の周りをうろうろしていると、1人の男性に声をかけられた。

「ジャーナリストか？」

「違うよ。ツーリストやで。デモを見に来たんだよ」

「それなら明日の朝10時にここに来い。明日のデモは大規模なやつだから」

「分かった。明日またここに来るよ」

この日は何もなく、晩飯にいつものサンドイッチを買ってホテルに帰った。今日こそはシャワーを浴びたい。例によってエロ番組を見ているオーナーに確認する。

「ねえねえ、今夜はシャワー出る？」

「ごめん、忘れてた。また明日だ」

――ちょっ、初日にダマスカスでシャワー浴びてから一度も浴びてないんだけど。大丈夫かこのエロオヤジ！

大規模デモに遭遇

２０１１年12月30日、イスラム圏の休日である金曜日。指定された朝10時にババアムルの時計台近くへ行く。先日、遺体が置かれていた建物に自転車を置かせてもらう。

昨日このデモの話をしてくれた男性が青年を紹介してくれた。彼が世話をしてくれるようだ。時計台前の広場にはまだそれほど人は集まっていない。みんなそこらに座り込んで朝食を食べている。自分もごちそうになった。お茶を飲みながらしばらく休憩だ。

――なんだかのんびりしているけど、ホンマにデモするんかな。そんなに人いてないし。

そこへ、小さなデモ隊があちこちから集まってきて、あっという間に１０００人は超える規模になっていて、いつの間にかデモが始まっていた。

しばらくして広場にゴザが敷かれ始めた。どこからか、礼拝を呼びかけるアザーンが聞こえてきた。横50メートルほどに5列に並んでいるゴザにびっしりと座って、人々が礼拝を始めた。しかし、すごい人数だ。

この時計台の前には公園のような広場があり、そんなに広くはないが、そこへ次々と人々が集まってきている。広場の隅にはステージが設けられている。マイクで男性が歌うのに合わせて人々も声を上げている。

礼拝が終わり、青年と話をして自分たちは近くのアパートの上から見ることにした。4階建ての一番上のまだ工事中の階まで行き、ベランダから全体を俯瞰することにした。ほかに3人ほど、すでにここから見ている男性がいた。

アパートの前にはロープが張られていて、男女が分けられている。女性側の参加者は少ないが、それでも300人はいる。肩車をされた少年が、父親らしい大きな写真を掲げて俺たちの方に見せている。たぶん、先日見た男性のように撃たれて亡くなったのだろう。広場に面した建物の屋上では、「自由シリア」の旗を振っている少年もいる。

俺は夢中で写真を撮った。

スナイパーに狙われる

ビシッ。

デモの写真を撮っていたら何か音がした。誰か小石でも投げているのか。

今度は2メートルほど横の壁から白煙が上がった。間違いない。どこからか撃ってきている。

ビシッ。

「みんな伏せろ！　撃ってきてるぞ！」

俺がそう叫ぶと、みんなベランダのフェンスに隠れるように身を屈めた。

ビシッ、ビシビシッ。

さらに立て続けに3発ほど壁から白煙が上がった。

――どこから撃ってきてるんや。

この近くで高い建物はモスクくらいしかない。しかし、間違いなく自分らを狙って発砲している。

「広場の反対側のアパートへ行こう」

案内してくれた青年が言った。全員でアパートから出て、人の波をかき分けて反対側のアパートに入って屋上に上がった。私設メディアの連中がデモの様子を中継していた。ここは両隣が少し高い建物なのでスナイパーから狙われにくいらしいが、それでも撃たれないとも限らない。

「トシ、フェンスから顔を出すなよ。狙われるぞ」

青年が言ったがデモの様子を見ていると、右側の通りから別のデモ隊がやってきた。すごい人数だ。

——しかし、誰が撃ってきたんや。ベランダにはフェンスがあるのだから、その上を通って壁に銃弾が当たっている高さから考えれば下から撃ってきた感じではないし、銃声も聞こえへんかった。だいぶ遠くから狙って撃ってきたな。

デモの撮影をしていると、今度は左の通りからデモ隊がやってきた。もう広場には人が入りきれず、通りのはるかかなたまで人であふれている。何万人という単位だろう。

マイクを持った男が、歌うように何かを呼びかけると、手拍子をしながら群衆もそれに続く。「タクビール！」と叫ぶと「アッラーフ・アクバル！」と声をそろえる。ものすごいエネルギーだ。

それにしても、俺を狙って撃ってきたのがだんだんムカついてきた。

——俺、何もしてないやんけ。ただ写真撮ってただけやんか。よし！　デモの中に入ってあ

シリア西部ホムスのババアムルの反政府デモをアパートのベランダから見る筆者。この直後に銃撃を受けた＝2011年12月30日

のステージの近くから撮ってやろう。

仲間に「下に行って写真を撮ってくる」と言った。

「俺たちも行くよ」

みんなで階段を駆け下りていった。

群衆の真ん中で自由を叫ぶ

アパートを出たものの、ものすごい群衆だ。あのステージまで行けるのか。

すると1人の男性が肩車をしてくれた。

——おいおい、どうするんや！

どうやら彼はステージの方向に向かっているようだ。しばらく進むと、群衆が左右に割れて、ステージに向けて花道ができあがった。

——なんや！　どうなってるんや？

肩車をされているので目線が高い。見渡す限り人の頭が見える。だんだんステージが近くなってきた。

——どうなるんや。

いつの間にかステージに押し上げられた。壇上では女性が何か演説をしている。そしてマイクが俺に向けられ、英語で質問が始まった。

「こんにちは。あなたはどこから来ましたか？」

「日本から写真を撮りに来ました」

「あなたの名前は？」

「トシです」

「ここのみんなに何かメッセージを言ってください」

――メッセージって、英語できへんし、どうしよう！　そうや、この人たちが求めているのは自由や。もうええわ。言っちゃれ！

　意を決しマイクを握った。

「エブリバディ・トゥゲザー・ゲット・フリーダム！」

　思いついた適当な英語を叫んで女性にマイクを返した。

　その瞬間、どあああ、という凄まじい大歓声が巻き起こった。

「フリーダム！　フリーダム！」

　何万人もの群衆が一斉に叫んでいる。人の声の波動が巨大なエネルギーとなって腹の底に響いてくる。こんな感覚は初めてだ。恍惚感で頭のなかが真っ白になった。

　俺は「自由シリア」の旗を受け取って大きく振った。誰もが俺を見ている。調子に乗って得意のロックダンスを踊ってやった。何万もの群衆とひとつになった気がした。

ステージを降りると、みんなに背中を叩かれ、「トシ、お前はヒーローだ！」と言う声も聞こえた。もみくちゃにされながらアパートの前まで戻ると、人々に囲まれて「トシ」コールが始まった。

——参ったな。そんなつもりと違かったのに。

仲間と合流してまたアパートの屋上に上がった。

「トシ、お前はヒーローだよ」

案内してくれている青年に言われた。

屋上でしばらく休憩だ。

——大丈夫かな。政府の連中に見られてないかな。しかし、やっちまったなー。あんなに盛り上がるとは思わんかったもんな。

デモはまだ続きそうだ。屋上から見る光景はものすごい。人の数が途方もない。いくつもの小さなデモ隊が集まって、見渡す限りの群衆に膨れ上がっている。これだけの人数が集まることができているのは、やはりアラブ連盟の監視団がいるために政府側がこれまでのような弾圧ができないから、ということがあるようだ。

——さっき自分も狙われたけど、ここの人たちはもっと命をかけてるもんな。流れに任せて俺も参加することになったけど、俺が帰るころにはアラブ連盟の監視団も撤収するというし、大丈夫かな、ババアムルは。俺が帰ったあとに政府軍がやってくるんだろうな。

タバコを吸いながらいろいろと思案にふけった。

2年後の2013年になって、このときのステージ上にいる俺を撮影した映像がシリア国営放送で流されていたことを知った。やはりこのデモ隊の中にも政府側のスパイが入っていたということだろう。アサド政権は、反政府デモは外国勢力があおっていると言い続けてきた。俺のこともそういう話で使われたのかもしれない。

まあ俺のことはいい。それより、当然、現地の人たちもチェックされているに違いない。やはり反政府側に参加するということは命がけなのだ。

ついに大事なところを洗う

興奮冷めやらぬまま、青年らにお礼を言ってホテルに帰ることにした。いつものようにサンドイッチ屋に向かう。

――しかし毎日同じものを食べていてさすがに飽きてきたなー。そうや、明日は大晦日やし、ホテルで何か作ってもらおう。どうせ3人しかいな

ホムスのババアムルにある広場の時計台を中心に繰り広げられた大規模な反政府デモ= 2011 年 12 月 30 日

いんだし、1人で大晦日を過ごすのも寂しいからな。帰ったら早速オーナーに交渉だ。

こんな作戦を考えながらサンドイッチ屋に着いたが、なんと閉まっている。近くに店がないか探してみたがどこにもない。通りがかりの人に聞いたが分からない。ホテルの近くに戻って警察官に聞いてみると、休日である金曜はどこも閉まっているという。

「あそこだったら開いてるよ」

警察官が指をさしたのは駄菓子屋だ。

——今夜の晩飯は駄菓子かよ！

それにしてもホムスは本当に食うものがない。ダマスカスとは大違いだ。弾圧されて食糧が入ってきていないのではないか。しかたなく、クッキーをメインにチョコレート系も買い込んで帰った。オーナーと早速交渉だ。

「ねえ！　明日の夜、大晦日やし何か御馳走出してよ。お金は出すから！」

「チキンは好きか？」

「好きだよ！　あとウイスキーも用意してね」

「分かった。用意しとくよ」

「それよりシャワーの準備できてんの」

「できてるよ」

——やっとかよ！

シャワー室のある上の階に案内された。真冬だけに裸になると寒い。このホテル自体が、暖房がなくて寒い。だからこそお湯が温かい。気持ちよく大事なところをよく洗った。実に6日ぶりのシャワー。最高だ。

昼間の余韻がまだ残っている。部屋に戻って今日撮った写真を見ながらまた思い出していた。

ヒーローになったトシ

2011年12月31日、またババアムルに行ってみた。

――今日もまた流れにまかせて、機会があったらやっちゃるわ！

昨日のことが忘れられずまた期待してきたものの、今日はデモをやっていなくてがっかりした。

自転車を押して歩いていると、1人の老人に呼び止められた。どうやら家に来いと言っているみたいだ。家では家族5人ほどで団らんしていたが、みんな俺の名前を知っていた。

「トシ、お茶でも飲むか？」

「ありがとう！　飲むよ」

「トシ、タバコは吸うか？」

勧められたものはなんでももらう。しばらくするとみんなが携帯電話を出して俺の写真を撮りだした。入れ代わり立ち代わりで俺とのツーショットも撮っている。

——しかしシリア人は写真好きだなー。

お礼を言ってこの家をおいとましたが、20メートルも歩かないうちにまた違う人に家の中から声をかけられた。中に入れというので遠慮なくお邪魔する。椅子に座ってタバコを吸っているとお茶が出てきて、お茶を飲んでいるとお客がやってきた。

「トシ！　昨日のデモでステージに上がってるのを見たぞ。一緒に写真撮ってくれよ」

適当に撮影に応じてこの家を出ると、少し歩いただけで、今度は通りかかった男性に声をかけられた。どうもまた家に来いと言っているらしい。彼についてアパートの一室に入ると、5人ほどの青年がいた。やはり全員俺のことを知っていた。

1人の青年は足に包帯を巻いていた。怪我をしているらしい。包帯を解いて傷口を見せてくれた。政府軍に撃たれたといい、銃弾は右足のふくらはぎを貫通していた。俺には彼の足をさすってあげることくらいしかできない。

しばらくしてこの家の子どもがお茶を持ってきてくれた。

「日本から来たの？」

「そうだよ」

この家の人たちもみな俺のことを知っていた。飛行機で何時間かかるのか、といった雑談をしているうちにまた写真攻撃が始まった。お礼を言ってアパートを出る。

目の前に散髪屋があったので入ることにした。シリアに来てからまだ一度もヒゲを剃っていない。せっかくだからここで剃っていくか。

「こんにちは。ヒゲ剃ってよ！」

「いいよ。そこに座って待ってて」

すでに先客がいて髪を切ってもらっていた。店の奥に水タバコのセットがあるのが見えたので、吸っていてよいか聞くと、店にいた客なのか暇つぶしの人なのか、炭をおこして用意してくれた。

——シリアの人はなんて優しいんや。しかし今日はやたらみんな声をかけてくるな。昨日のデモのせいかな？

久しぶりの水タバコがいい香りだ。ダマスカスで初日に吸ってから今回で2回目だ。

先客の散髪が終わり、次は俺の番だ。椅子に座り、泡を付けられてきれいに整えてもらった。スッキリだ。

「いくら？」

「お金はいらないよ。トシはヒーローだからな」

——おいおい、いつの間にヒーローになったんや。俺なんもしてないし。

「これは仕事だからちゃんと払うよ」

200シリアポンドを手渡す。

「トシ、写真撮らせてくれよ」

また写真攻撃が始まった。店にいた客たちまで携帯で撮影しだした。

店を出て時計台に向かって歩き出すと、今度は子どもたちが俺に気づいて集まりだした。あっという間に人だかりになった。

――わー、こいつら昨日見てたんや。参ったなー。

「トーシ！　トーシ！」

子どもたちがコールまで始めた。「ハラス（終わりだよ）」とアラビア語で言って去ろうとしてもどこまでもついてくる。大騒ぎするからどんどん人が集まってきているし、収拾がつかんことになりそうだ。「ありがとう」と言って自転車でダッシュで立ち去った。

自転車で少し移動すると、今度はバイクに乗った青年に声をかけられた。片言の英語で、どうもホムスの町を案内してくれるようなことを言っている。

「自転車があるんだけど」

身ぶりなどで説明すると、近くにいた少年に何か話している。どうやらこの少年に預けるらしい。大丈夫か、と思ったが、バイクの後ろに乗せてもらって出発すると、少年が必死に自転車をこいで追ってきた。

バイクはごく普通のアパートの前で止まった。壁に大きな穴が空いている。話を聞いているうちに近所の人々が集まってきた。政府軍がやってきてRPG－7を撃ってきた、ということのようだ。

——政府はここまでしてデモを抑えたいのかな。先日見た商店街も激しい銃弾の跡だらけだったが、あちこちがそうなっているんやな。

バイクで再び移動する。後ろを見ると、自転車の少年は違う路地に入っていった。大丈夫か、と思ったが、バイクが最初の場所に戻ると、少年は先回りして待っていた。疑った自分が恥ずかしかった。

時計台まで戻り、ここでしばし休憩することにした。タバコをふかしながら物思いにふける。

——今日はいろんな人が絡んできたな。昨日のデモで有名になったんや。会う人みんな俺のこと知ってたもんな。「フリーダム」がよっぽど効いたんやな。しかし、あれだけでみんなの心を惹きつけられたんかな。俺が日本人やからかな?

昨日のデモにいた外国人はたぶん俺だけだ。日本人ということも目立つだろう。命がけでやっているデモに外国人も来たということは、彼らにとっても心強いということなのかもしれない。

しかし悪い気分ではない。また昨日の恍惚感が蘇ってきた。

——そうか。俺はヒーローになったんや。ホムスのババアムルでヒーローになったんや!

この人たちのために少しでも役に立ちたいが、俺はジャーナリストのように人に伝えることもできない。デモのとき案内してくれた青年がフェイスブックをやっていると言っていたのを思い出した。日本に帰ったらやってみるか。

気づいたら夕方になっていたので自転車にまたがった。ホテルに向かって走っていると、前からやってきた少年が「やあ、トシ！」と声をかけてきた。アラビア語で「アサドが……」などと言っているがよく分からない。だが言いたいことはだいたい分かる。とりあえず親指を立ててみた。少年も親指を立てた。またひとつになれた気がした。

ホムス最後の日

ホテルに戻って入り口のベルを鳴らすとオーナーが鍵を開けてくれた。

「お腹がすいたよ！　チキンは用意できてるの」

「ああできてるよ。中に入れよ」

皮のこげ具合が美味そうなチキンの丸焼きと豆を炊いたスープ、デザートの果物まであった。オーナーの友だちのおじいさんも来ている。大晦日の今夜は4人でパーティーだ。みんなで酒を飲みながら、いつものようにエロ番組を見て楽しい宴は続いた。

後から考えると、酒もエロも好きで政府支持者だというこのオーナーはキリスト教徒か、アサドと同じイスラム教アラウィ派だったのではないかと思う。ホムスではこの後、キリスト教徒やアラウィ派の住民が反政府側と思われる集団に襲撃を受ける事件も起きているので心配だ。

もちろん、スンニ派住民への政府軍による無差別攻撃は激しく、結局は一般市民が巻き込まれているという状況だ。

このころの反政府側として代表的なのは自由シリア軍（FSA）だが、一つの組織として一枚岩になっているわけではなく、それぞれの都市の中でも地区ごとなどに分かれて部隊を立ち上げていて、互いの関係はゆるやかな連携という程度になっている。

資金はそれぞれの地元出身者による出稼ぎ先の海外からの送金など、部隊ごとに独自調達をしているのが中心で、FSA本部からの支援はごく一部のようだ。地域の広がりや部隊の分かれ具合をみると、一つの予算のもとにまとまっているとは考えにくい。

FSA以外にもアルカイダ系のヌスラ戦線や後にアルカイダから分派する「イスラム国（IS）」、アルカイダ系ではないイスラム系組織などもあり、「反政府側」という一つのくくりにするのは難しい。民間人を襲撃する組織があったとしても、それによって全体に対する評価をするべきではないし、アサド政権による民間人虐殺が正当化されるわけでもない。

俺が通い続けたホムスのババアムルは、アラブ連盟の監視団が撤収した後、再び抗争が激化し、2012年2月に入ると政府軍による激しい包囲攻撃が行われ、数百人規模の死傷者が出る事態となった。反政府側は3月にババアムルから完全撤退し、政府軍が制圧した。

戦闘員でもない民間人の負傷者も病院に入ることができず、隣国レバノンに密出国して搬送された。そのために手当てが間に合わず死亡した人も少なくなかったという。プレスセンターも砲撃を受け、米仏の記者が死亡している。こうした犠牲の大きさから、ババアムルは「革命の魂」と呼ばれるようになった。その後も戦闘が続き、ババアムルとその周辺はほぼ廃墟と化してしまったようだ。

ババアムルのデモで群衆のエネルギーに圧倒された俺は、この後は坦々とすごし、翌日の1月1日はシリア第二の都市アレッポへ日帰りしたが特に印象に残ることもなく、2日にはダマスカスへ戻り、3日には帰国の途についた。

忘れられない恍惚感

日本に帰った俺はやはり孤独だった。

職場の同僚や友人にシリアの話をしてみたが、関心を示す人はほとんどいなかった。いつものようにひとりでトラックに乗り、誰もいない家に帰る、坦々とした日常がまた始まった。トラックの運転席のバイザーには幼かったころの娘たちの写真が入っている。幸せだったころの俺が写っている。毎日のように写真を見ているが、湧き上がるのは底の見えない孤独感ばかりだ。

シリアへはプロが使うような一眼レフのカメラを持っていったが、写真は一枚も残っていない。カメラに入れていたSDカードから、パソコン経由で保存用のSDカードに写真を全て移動させていたのだが、その保存用のカードをホテルに忘れてきてしまった。残っているのは携帯電話で撮影したデモの動画だけだ。

俺は写真で飯を食っているプロカメラマンではないので写真がなくなったことはさほどショックではなかった。目的はデモの現場に入ることだったからだ。デモの映像だけならネットの動画でも見られるし、破壊された街並みや酷い死者やけが人も写真で見ることはできる。

でもあのデモのど真ん中で味わった恍惚感は、あの場にいた人間にしか知ることはできない。観光地に行って、ガイドブックに載っている写真の通りのものを見ることはできるが、シリアで知ったあの感覚は動画や写真では絶対に得ることはできない。

単調な日々の中で、あの大歓声を思い出すときだけは胸が熱くなった。

いままでの人生で大群衆からの声援を浴びたことなどなかったし、注目されたこともなかった。歩いているだけで「トシ、トシ」と声をかけられるような経験もなかった。あれほどまでに人に求められたことがあっただろうか。

パソコンを立ち上げ、フェイスブックを開くと、ホムスで知り合った友人たちとつながることができる。あれは本当にあったことなのだ。

強烈な体験の連続だったシリア滞在中も、シリアのことを考えている間も、孤独な現実を忘れることができた。

またあの恍惚感を味わいたい。生きていることを実感できる命がけの現場で、俺を受け入れてくれる人たちのところへ行きたい。

離婚して子どもに会うこともできなくなり、生きる目的を失った俺の、当面の目標がこれだった。

第四章

のど元過ぎればまたシリア

2013年1月5日にアレッポから帰国した俺は、バッシングが怖くて1カ月ほどはフェイスブックにもあまり写真を公開せず息を殺していたが、友達リクエストは相変わらず殺到して友達限度数の5000人に迫り、誰を承認するか選択しなければならない状況になっていた。

その中でシリアやイラク、アフガニスタンなどで取材をしている日本人ジャーナリストたちと知り合い、3月の東京でのトークイベントに呼ばれた。気が乗らなかったが、「戦場に行くのは自由だが、そこで知り得たことは伝える義務があるのではないか」と言われて考えなおし、最前線の映像などを一般参加者たちの前で発表した。

外務省に脅されておとなしくしていたが、すでに海外では俺のことがニュースになっているし、翻訳されて日本でも知られている。いろいろな国の多くの人がシリアに関心を持っていることも分かり、このままではまずいと思った。

海外からインタビューに来たメディアもあったが、日本のメディアからのオファーは全くなく、国内では心配するような騒ぎにはならない気がしてきた。大手メディアが流さなければネットでのバッシングも大した規模にはならないはずだ。

会社の同僚にシリアに行っていた話をしても、ほぼ全員が「へー」という程度の反応だった。これが一般的な日本人の反応なのだろう。

そう考えたらどうという問題でもないようだ。

――俺は自由を勝ち取ったんや！

勝手に怯えていただけなのだが、そう思えて気持ちが軽くなった。

見てきたこと、撮影してきたものをタンスの肥やしにしてしまったらもったいない。なぜ自分が注目されるのかは分からないが、せっかく注目してくれる人がいるのだから、シリアのことを知ってもらうほうがよいと思えるようになった。

また、写真や動画をフェイスブックにアップし始めると、海外からたくさんのコメントがつくようになり、やはり見てもらって正解だなと実感できた。

そうなると気になるのはやはり現地の友人たちだ。アレッポのプレスセンターによく来ていたフィクサーのヨセフに連絡がつき、ホムスまで行くのは無理だが、２０１１年にホムスのついでに行ったハマまでなら行ける、とのことだった。戦闘をするわけではないフィクサーは危険な場所には行かない。ということはハマに行くのはさほど危険でもなさそうだ。

――またあいつらに会える。

それがうれしくてさっそく航空券の手配をした。

シリアは面倒なことになっていた

2013年4月26日、トルコとシリアとの国境の町キリスにやってきた。日陰は涼しいが日差しは強く肌をじりじりと焦がすようだ。これから4回目となるシリアの旅だ。

トルコ側の出国審査を待っていると、シリア人の男性に声をかけられた。俺のことを知っているらしい。どうやらフェイスブックで友達になっているようだ。これから5人でシリア側の国境の町アザーズを取材に行くということで誘われたが、アザーズには自分としては見るところがないので丁重にお断りした。

出国審査を終えてシリア側に入り、すぐ近くの自由シリア軍（FSA）の事務所に行くと、プレスカードとプレスからのレターを見せろという。「持っていない」と言うと「トルコに戻って用意しろ」と突き放された。

——そんなの持ってるわけないやんか。だいたい俺、ジャーナリストと違うし。

少し粘ったが埒が明かない。しかも、ここは午後5時になったら閉まるという。

「今日許可が出なかったら外で寝るからな。トルコには帰らないから」

俺は粘るつもりで言い放ち、事務所のソファーに座った。女性も含めて何人ものジャーナリストか、ＮＧＯの人かが地元の活動家の解説を聞いている。アザーズであった爆撃の被害者の話などを聞いているようだ。俺もなんとなくその様子を撮影した後、ネットを始めたところで前回世話になった日本語のできるシリア人のアライディーンを思い出した。オフィスのスタッフに彼の携帯に電話してもらい、救助を要請する。

「いま、アザーズのＦＳＡの事務所にいるんだけど、入れなくて困ってるんだよ。助けに来てくれよ」

「すぐに行くから待ってろ」

アライディーンは兄貴といっしょに15分くらいで来てくれた。

「プレスカードとレターを持っていないことをここにいる人間以外には言っていないか？」

「言ってないよ」

「今回だけ特別に許可を出してもらうから、適当にメディアの名前を書け」

というので適当に知っている会社の名前と電話番号を書いておいた。これだけでシリアに入ることができた。

アライディーンは疲れているらしく、前回同様、兄貴がアレッポに送ってくれることになった。片道２５０ドルだ。兄貴は相変わらず取材の案内などで忙しいらしい。

「仕事があるのはいいけど、周りの人たちは仕事がないから複雑だよ」

兄貴は苦笑いしたが、家族はみな無事に暮らしているらしく、俺はそれを聞いただけでホッとした。

友人が死んでいた

兄貴に送ってもらってアレッポのプレスセンターに着いた。友人たちに会えるのを楽しみに入り口を通った。

しかし、知っている顔もあったが知らない人が多かった。前回いたFSAのカメラマンをしていたアレフとヤザンはトルコに避難したという。

そして、プレスセンターのマネジャーをしていたアブドラは戦闘の取材中に頭を撃たれて死んだと、プレスセンターに来ていた弟から聞いた。前回、最終日にマッサージをしてあげながらじゃれあったことを思い出した。シリアで連日死者が出ていることは知っているが、実際に友人が死んだという話を聞くのはショックだった。

しばらくしてフィクサーのヨセフが来た。今回来る前に連絡をとっていたが、彼は元気なようだ。

改めてハマに行きたいという話をすると、3日後に出発することがすぐに決まった。7日後に大規模な戦闘が始まるらしい。すでにプレスセンターに来ていたヤンというドイツ人新聞記者も一緒に行くことになった。ハマへの往復とフィクサーとしての代金を含め、往復1人30

0ドルだ。

プレスセンターは模様替えをしてあって、前よりも少し快適になっていた。とりあえず荷物を置いて、唯一前回もいて知っているシリア人のセルターンと一緒に晩飯を買いに出た。前回毎日通ったサンドイッチ屋はまだ経営していた。

今回も「ジャパニーズウォーター」と称して焼酎を持ってきている。部屋に戻って飲んでいると、セルターンが「トシ、その酒を貸せよ！」と言ってプレスセンターにいるみんなに飲ませようとした。前回はだまされて一気飲みしたヨセフが、今回は匂いを嗅いで警戒している。結局誰も飲まなかった。

明日は前線に行くらしいので早めに寝ることにした。寝床をどこにしようかとセルターンに聞くと、「ドイツ人と同じ部屋でよいか」と言われたが、会ったばかりなのに俺はどうもこのドイツ人を苦手に感じた。英語ができるのに、英語ができない俺以上に黙っていて、誰とも話をしていない。

俺は自分の荷物をプレスセンターのスタッフの寝ている部屋に持っていって彼らと一緒に寝ることにした。

久しぶりの前線

2013年4月27日、今日はみんなと前線に行く日だ。久しぶりの前線に備えて昨夜は早く寝たせいか、早くに目が覚めた。みんな遅くまで起きてネットをしているので朝が遅い。相変わらず朝は暇だ。

――そうや。ムハンマドに会いに行こう。あいつ元気にしてるんかな。

ムハンマド少年に会いに、プレスセンターの隣のFSAの詰め所へ行く。

「ムハンマドいてるか?」

「いるよ。呼んでくるから待ってろ」

しばらくしてムハンマド少年が出てきた。元気そうだが、前回あちこちの前線に連れていってもらったバイクが故障したらしく、もうないという。あてにしていただけに残念だが、これぱかりはしかたがない。置いてきぼりは嫌なので朝飯だけごちそうになって早々にプレスセンターに戻った。

今日はドイツ人のヤンとセルターン、アブドラの弟と俺の4人で前線に向かう。前回使っていた車は戦闘に巻き込まれて壊れたため、大通りでタクシーを拾って出発した。

前線のかなり手前で降りて歩く。日差しが強く、半袖を着ているが汗が止まらない。FSAの詰め所に着くと戦闘員たちが合流し、先へ進む。途中のスナイパー通りは全速力で走り抜ける。懐かしい感じだ。

壁に空いた穴をくぐり、建物と建物の間の狭い空間を抜けて前線に近づいていく。建物の階段を上がり、3階のベランダから外を窺う。目の前5メートル程度のところに隣の建物があり、政府軍は左前方にいるようだ。戦闘員の1人が指をさす先を見ると、こちらは高い場所に建っているらしく、少し下に政府側地域の町並みが見える。よく見るとシリア政府の旗が立っている。確かにここが最前線らしい。

その戦闘員が汎用機関銃PKCを構えて何発か発砲した。何発か撃ってはこちらの顔を見ている。撮影用に撃ってくれているようだ。今度は手製の手榴弾にライターで火をつけ、目の前の建物に放り込んだ。しばらくして、ボウンと鈍い爆発音がした。これもサービスのようだ。遠くで銃声はしているが、ここの前線では戦闘をやっていない。そもそもフィクサーは危険な場所には行かないということは前回のアレッポでよく分かっていたので、今日もあまり期待していなかった。

移動の途中で女性の戦闘員とすれ違った。とても美人なのだがイスラム圏だけに撮影はNGだった。

撮影を終え、来るときに通ったスナイパー通りを走り抜ける際に、近くの建物の壁から白煙が上がったのが見えた。銃弾が飛んできたのだ。FSAの連中も気づいて反撃の準備に入ったが、相手がどこにいるのか分からない。

FSAの反撃が始まった。スナイパー通りの角から左前方の様子を窺い、少し身体を出してAK－47を数発撃った。しかし手応えがないのか、えいやっという具合でもう少し前に出て数発撃って戻ってきた。

彼らは若く、どうもへっぴり腰な感じがしないでもないが、必死で反撃しようとしている。しかしどうにも迫力がない。彼らが前に出たときに一緒に俺も出て、撃っている先を彼らのすぐ後ろから撮ることにした。それでも、相手がどこにいるのか全く分からず、相手からの反応もない。

ドイツ人のヤンは建物の陰でカメラを構えていたので、前に出て撃つFSAにくっついて前に出る俺は撮影にはかなり邪魔だったかもしれない。前回アレッポでいっしょに前線に行ったロイターのムザファムには「邪魔だから下がれ」と言われたが、ヤンは無口なので遠慮なくやらせてもらう。

しかし久しぶりに見る銃撃もすぐに終わり、後方のFSAの詰め所に戻った。ここで飲ませてもらったいつもの甘ったるいお茶は、暑さで疲れている身体にはおいしかった。休憩が終わると、またタクシーでプレスセンターに戻った。

途中、通りを歩いていて見知らぬシリア人から声をかけられることがあった。アル＝ジャジーラで俺のニュースを見たのだという。国境でも声をかけられたが、AFPのおかげで有名になってしまったようだ。

ほかの3人はプレスセンターに戻ったので俺はFSAの詰め所に行き、ムハンマドを連れ出して散歩に出た。案内してくれたのは政府軍に銃撃されたというバスで、中にはおびただしい血痕が残っていた。バスの穴の空き具合から、後ろから撃たれたと思われる。市民が乗っていたのか戦闘員が乗っていたのかは分からないが、プラスチック製の椅子は弾痕だらけだ。

そこへヘリコプターの音が聞こえてきた。ムハンマドと、重機関銃ドシュカを積んだトラックのところへ走る。爆弾の投下が心配だったが、ヘリはやや前方を旋回している。ドシュカで狙いを定めている戦闘員は撃ちそうでなかなか撃たない。

「なんで撃たないんだよ」とこの戦闘員に聞くと、「あの辺りは政府軍の地域でここからは遠すぎるから撃てないよ。奴らは撃たれるから俺たちのいるこの辺は迂回して飛んで行くんだ」と説明してくれた。

——何度も旋回していたから、爆弾を落とす機会でも窺っていたのかな。奴ら見境がないからな。

ヘリは去っていき、静かになったので今日はこれで終わりにして晩飯のサンドイッチを買って帰ることにした。今回はマヨネーズを持ってきているので味に飽きることはなさそうだ。

この夜はベランダに出て、夜風に当たりながら晩飯を食べた。昼も戦闘は起きていなかったし、今夜のアレッポもやけに静かだ。

２０１３年4月28日、朝起きてセルターンに「今日はどこに行くの？」と聞いたらどこにも行かないらしい。皆で朝飯を食べてネットをしていたら眠たくなったので昼寝した。

しばらくしてセルターンに起こされた。ムハンマド少年が、近くで戦闘が始まったので呼びに来てくれたらしい。さっそく彼について前線に向かう。

そこへ、見たことのあるドシュカを積んだトラックが通りかかり、「終わったぞ」と言って去っていった。戦闘は早々に終了したらしい。せっかくここまで来たのでムハンマドに前線まで行こうと誘ったが、帰ってしまった。

前回は夕方まで勝手に歩き回ってあちこちの前線に行っていたが、今回は暑くてどんどん体力が奪われていく。明日は念願のハマ行きなので、今日は早めにサンドイッチを買いに行って、プレスセンターでネットをして過ごすことにした。

さっそくフェイスブックを開き、九州に住んでいる日本人女性とチャットをする。有名になったおかげでフェイスブック上で知り合ったアラブ文化好きの女性だ。

俺と知り合うまではシリア情勢には関心がなかったそうだが、いまではシリアのことをいろいろ知りたがっている。俺のバッシングをしているブログなどを見たそうで、心配してくれた。今回、出発前には「危ないから行かないで」と言ってくれた。美人だし冗談もうまい。シリアにいると緊張感があって孤独感を忘れられるけど、今回は寂しさを忘れるどころかチャットできる夜が楽しい。

夕方にフィクサーのヨセフが来て明日のハマ行きの説明があった。朝7時に出て、政府軍の支配している地域を避けるため、アレッポ西側のイドリブ県のトルコ国境バブアルハワまで北上してから南下するらしい。

「トシ、酒は持っていくなよ、トラブルになる」

ハマは1982年にムスリム同胞団が反政府運動を起こして虐殺された都市だ。敬虔なイスラム教徒が多いということだろう。

明日は早いので今夜も早寝することにした。

ハマへの地獄のドライブ

2013年4月29日。今日から3泊4日のハマへの旅だ。午前7時にヨセフが迎えに来た。

「トシ、またアレッポに帰ってくるんだろ。荷物はカメラだけにしとけ」

そう言うので機材を入れるショルダーバッグだけ持っていくことにした。ドイツ人のヤンはアレッポに戻らないということで全荷物を持っていくようだ。

タクシーに乗って乗り合いのセルビス乗り場へ行く。ここからまずは西のイドリブ県のバブアルハワへ向かった。ハイエースのようなワゴン車は通常はぎっしり客が乗って狭苦しいが、住んでいる人も少ないし、国境まで往復する人もあまりいないので、乗客が少なくて乗り心地はよかった。

一面の青空だ。あたりはなだらかな丘がはるか遠くまでいくつも連なっていて、そのどれにもオリーブの木が整然と植えられている。地中海沿岸地域らしいさわやかな光景が広がっている。泥沼の内戦が続いているとは信じられないが、緑の木々の間に白いテントが無数に並んでいるのが見えてきた。

バブアルハワの近くにあるケラマキャンプは、非常に大きな国内避難民キャンプだ。国連難民高等弁務官事務所（UNHCR）はこの年の1月、アサド政権と反政府側双方の同意を得て、同キャンプなど北部の避難民向けにブランケット1万5000枚、テント3000張りを配布している。

入り口には大きなトイレが設営されているが、とても衛生的とはいえない汚さだった。このあたりは水はけが悪く、雨が降ると水浸しになるという。標高が高いので冬には非常に寒さが厳しくなるそうだが、この季節はとにかく暑かった。テントの中はまるでサウナのようで、すぐに汗が噴き出してきた。俺にはとても

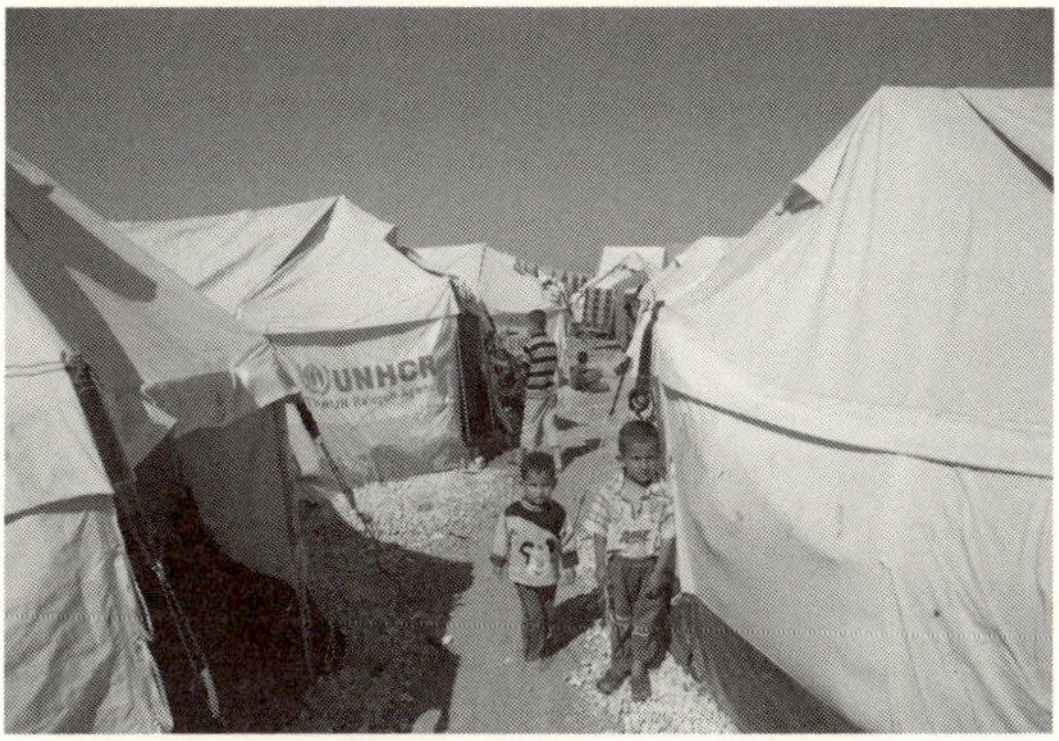

UNHCRのテントが無数に立ち並ぶトルコ国境バブアルハワに近いケラマ避難民キャンプ＝2013年4月29日

我慢できない。

ＵＮＨＣＲはこの年の10月までに、海外へ避難した難民が２２０万人、国内避難民が４２５万人に達したと発表した。２０１５年３月には難民３９０万人、国内避難民は７６０万人に達している。

シリア国内の食糧事情も厳しい。国連世界食糧計画（ＷＦＰ）の食糧支援対象者は、２０１３年の２月には１７５万人、３月には２００万人、４月には２５０万人と急増し、２０１５年３月には６００万人にまで膨れ上がることになる。配給内容は、米、ひき割り小麦、パスタ、植物油、レンズ豆、食塩、砂糖、豆の缶詰、パンまたは小麦粉で一人一日１７００キロカロリーを摂取できる計算だという。

しかし、シリア国内の一部には、政府軍による完全包囲下にあって支援物資も届かず、飢餓状態に陥っている地域もあり、猫やロバ、不浄とされる犬まで食べてもよいとする宗教令「ファトワ」を出したイスラム法学者も出てきた。実際、解体した猫を鍋で煮込んでいる動画もネットに公開された。ＮＧＯアムネスティ・インターナショナルは「政府軍は市民の飢餓を戦争の道具として利用している」とのちに非難している。

このころのケラマキャンプはまだそこまでの状況ではなく、野菜類の露店があり、アイスクリームまで売っていたのでみんなで食べることにした。

改めてハマに向けて出発だ。バブアルハワからはタクシーに乗り換え、ボディガードがひとり同行するという。マイク・タイソンに似たいかつい顔のハブサイというFSAの戦闘員だ。車の中にはAK－47が3丁ある。

途中でアルカイダ系の反政府組織、ヌスラ戦線が奪取した空港の近くを通ったが、写真は撮るなと言われた。ヘリが5機ほどあったが、パイロットがいないため使用されていないらしい。バブアルハワからハマまでは距離にして120キロ近くある。イドリブ県からハマに向かう高速道路は政府軍が支配しており、車は畑の中の道を抜けていく。舗装した道路を通ることもあるが、まさに畑の土の上を通っていくこともある。

1時間半ほど走ったあたりで、民家で休憩した。もう尻が痛くて限界だ。お茶をいただき、しばらく横にならせてもらう。

30分ほどして出発だ。ここからさらに1時間半かかるという。この車にはエアコンがないので窓を全開にしているがとにかく暑い。尻は痛いし、想像以上に厳しい地獄のようなドライブだ。

虐殺の町ハマ

午後3時ごろにハマの入り口にあたる村のFSAの詰め所に着いた。建物は平屋で部屋が2つ。戦闘員たちのいるテレビのある部屋は衛星回線でインターネットがつながっていて無線L

ANで接続できる。もうひとつの部屋を使わせてくれるらしい。

車に積んである荷物を取りに外に出ると、なんとタクシーがいない。荷物を積んだままさっさと帰ってしまったようだ。

「カメラをザックに入れてあるんだよ！」

ドイツ人のヤンが怒りだした。ここでは電話が通じないので、タクシーがトルコとの国境バブアルハワに着く夜になってからメールで連絡してみるしかないらしい。明日の夕方に持ってきてくれることになりそうだが、ヤンがフィクサーのヨセフに文句を言っている。

俺はカメラもビデオも手荷物で持っていたので支障はない。しかたがないので俺のカメラを1台貸してあげることにした。データは荷物が戻ってきたら移せばよい。それでヤンは納得し、丸く収まったのでヨセフは「トシ、本当に助かったよ」と俺にハグしてきた。

前線には明日行くということで、ヨセフたちは中に入って昼寝を始めた。俺は眠くないので付近をうろつくことにした。若い戦闘員の1人がバイクで案内してくれるという。

この村は直径2キロ程度の盆地になっていて、周囲をなだらかな丘に囲まれている。見晴らしの良い高台までバイクで上がると、戦闘員が遠くを指差して、「向こうがハマの市街地だよ。でも今は政府軍が占領しているんだ」と言った。かつて反政府運動が行われ、政府軍による虐殺が行われたハマだが、現在、反政府側が掌握しているのはこうした郊外の一部だけのようだ。

高台から後ろ側の村を見ると、切り立った岩の斜面にいくつもの横穴が空いているのが見える。入り口は縦長だったり正方形だったりするが、岩をくり抜いたしっかりした造りに見える。周囲に簡単な装飾が施されているものもあり、かなり古い印象だ。紀元前からの歴史が伝えられているハマでは、特に郊外にはこうした古代ローマ時代に造られた洞窟が無数に残されているという。

「マガーラと呼ばれる穴で防空壕に使われているんだよ。政府軍が空爆してきたら村人はみんなあの中に逃げるんだ」

戦闘員が説明してくれた。入り口がコンクリートで厳重に固められた半地下のようなマガーラに入れてもらうと、直径5メートルほどの部屋が造られていて、岩をくり抜いたままのゴツゴツした壁に沿って椅子が並べられていた。入り口には鉄の扉がついていて、かなり厳重に造られている。反政府運動を政府軍が包囲攻撃で虐殺して鎮圧した1982年に造られたものもありそうだ。

狭い村はバイクで回るとあっという間で、詰め所に戻ってから今度は付近を歩いてみた。詰め所の前には小学校があり、小さな店もあるが、基本的に何もない村だ。道端で

ハマ郊外の村に点在する地下壕マガーラの入り口。ローマ時代のものもあるという＝2013年4月29日

水タバコを吸っているおじさんがいたのでいっしょに吸わせてもらった。

詰め所の裏手に墓地が見えたので歩いていくと、戦闘員が1人ついてきてくれた。直方体のコンクリートでできた墓にはアラビア語の書かれた石板が立てられているが、中には石板が割れてしまっているものもある。付近でも戦闘があったのか、弾痕が残っているものもある。

土を盛られて、クローバーのような形をした小さな石板だけが立てられている墓がいくつも並んでいる。見るからに小さなものは子どもの墓だろう。乾ききった周囲の土とは違ってまだ新しく埋めたばかりの土に見える。近くには新たに埋葬するための穴が3つあらかじめ掘られていた。深さは1メートルほどで、土葬のために人間が横たわれるくらいの広さがある。これからいつでも死者が出る、という前提で彼らは暮らしているということだ。

墓地の隣にあるこの戦闘員の自宅に招かれた。奥さんと子ども2人との4人暮らしらしい。家の一部屋は迫撃砲でやられて崩壊していた。「飯を食っていけ」と言うのでご馳走になった。奥さんが作ってくれた出来立ての卵焼きと野菜サラダがおいしかった。

暗くなってきたので詰め所に戻ると、こちらでも晩飯が用意されていた。食べたばかりだが、次はいつ食べられるか分からないので食べておくことにする。アレッポで毎日食べていたサンドイッチと違って、ガイドブックに出てくるような豪華なアラブのメシはうまかった。

殺害予告されていたトシ

「藤本さんは政府軍から狙われているので、フェイスブックには居場所を書かないでください」

メシも終わって横になりながらフェイスブックをやっていると、友達になっている日本人からこんなメッセージが入った。

チャットにＵＲＬが貼られてきたのでクリックしてみると、アサド政権側の支援団体のホームページで、俺の写真付きでアラビア語の文章がついていた。

「藤本敏文はいずれアサドの足の下に屈するだろう。そして殺す！」

グーグル翻訳で訳してみるとこんな具合の殺害予告だった。戦闘員たちに見せると笑っている。仲間だと思ったのだろうか。

——マジかよ。まいったな。いつの間に指名手配になっ

FSA戦闘員といっしょにいただいたシリアの豪華な食事＝2013年4月29日

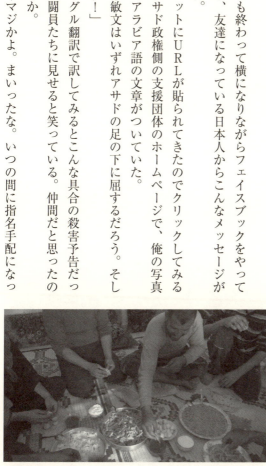

たんや。少しヤバいかな。

さっそく、毎晩チャットしている九州の女性にその話をすると、心配してくれた。

——おいおい、気があるのかよ。惚れてまうがな。

殺害予告されたおかげでむしろよかったのではないかという話の展開だったが、ボディガードのハブサイが、近所に親戚の家があるとのことで誘いに来た。ドイツ人のヤンは断ったので俺だけついていく。

車で少し行った程度ですぐ着いた。どうやらこの辺りにたくさん親戚がいるようだ。いままで民家で女性を見たことはなかったが、奥さんやおばあさんまで出てきて一家勢ぞろいで迎えてくれた。

「結婚はしてるのか?」

「してたけど離婚したよ。子どもは3人いてるけど母親のところにいるよ」

「シリア人と結婚しないか?」

一家といっしょにお茶を飲みながら雑談しているとこんな話になったので、おばあさんを指さして「この人がいい」と言ったら、みんなで笑っていた。さらに、お茶のお礼に携帯電話でアラブポップスを流して得意のダンスを披露すると、みんな楽しんでくれた。

ハブサイが出ようというのでお礼を言って出ると、また別の親戚の家に連れていかれてお茶をいただくことになった。今日はもう何杯目か分からないくらいにお茶を飲んでいる。2杯目はさすがにギブアップしてしばらく横にならせてもらった。

午後11時ごろに詰め所に戻ると、戦闘員たちが外で無線を聞きながら笑っていた。よく聞いていると、女の人の声だ。

「アイ・ラブ、チュッチュか？」

聞くと「そうだよ！」とみんなで笑っていた。

戦闘がないときは戦闘員たちはすることもないので、こんなことをして日々を楽しんでいた。

徹底的に破壊された村

２０１３年４月30日、隣の家で卵焼きやチーズにパンの朝食をいただいてから前線に向かう。タクシーで30分ほど、丘を越えて畑の中の道を進んでいけばいくほど、道のあちこちに穴が増えてくる。迫撃砲の着弾跡だろうか。

まずはＦＳＡの詰め所へ行く。車を何台も停められるような大きな車庫を利用して、中にマットレスなどを敷いて住めるようにしてある。壁にはＡＫ－47やドラグノフ狙撃銃、ＲＰＧ－７の発射機、双眼鏡、なぜかスペインのサッカーチーム、レアル・マドリードの旗もかけられている。重機関銃ドシュカを積んだピックアップトラックもあった。

しばらく外の木陰でお茶を飲みながら談笑する。あたりは一面の農地で、黄色い菜の花のような可憐な花が咲いている。アレッポはコンクリートばかりだったが、ハマは緑が多い。

この農地の向こう側の集落に政府軍がいるらしいが、2キロほど離れていて姿は見えない。若い戦闘員2人がその方向へ何発かAK－47を発砲した。あくまでデモンストレーションで、何かを狙っている様子もないし、反撃されるわけでもない。

ここから先の村はまさに無人の廃墟だ。建物は穴だらけだったり、壁がすっかりなくなっていたり、完全に潰れていたりと、ことごとく破壊されている。ここまで徹底して破壊し尽くすのか、と驚くほどだ。

村の大きなモスクは、天井のドームも壁も穴だらけで、床はガラス片とコンクリート片で一面埋め尽くされていた。このモスクの先は農地になっていて、その向こう側の丘に政府軍がいるらしい。距離にして1キロほどだ。ビデオカメラでズームしてみると、戦車のような影が見えた気がした。

村の端の最前線にあたる付近に半地下状態のマガーラがあった。中は20畳ほどの広さになっていて、戦闘員10人ほどが常駐しており、壁際に人数分のAK－47が並べられている。外は暑いが半地下のここは涼しくて快適だ。戦闘員の1人が薄暗い部屋の真ん中にコンロを持ってきて火をつけた。そこへ上から光の筋がさしている。天井に小さな穴が開いていて、室内で煮炊きするときの煙出しになっているようだ。防空壕の中で暮らしながら最前線を守っているらしい。

近くの建物の陰に戦車が2台置かれていた。大きい方はベージュの迷彩、小さい方は緑の迷彩だ。キャタピラの跡が周囲にあるので動くようだが、戦闘に使っているのかどうかは不明だった。戦車の中には入らせてくれたが、撮影はさせてくれなかった。

病院にも立ち寄った。もちろんもともと病院ではなく、普通の建物にベッドや医療器具を持ち込んで即席の病院にしたてただけの地下病院だ。何の病気か怪我か、子どもが点滴と輸血を受けていたほか、戦闘員らしき大人が5人ベッドに寝ていた。白衣を着た女性の看護師らしき人もいたが、そうした医療関係者も患者も撮影は許されなかった。責任者らしき人はインタビューに応じてくれて、空爆による被害者が多いことや、薬がないといったことを訴えていた。

ダマスカスやアレッポのような大都市の惨状は報道されやすいが、こうした地方の惨事は海外メディアでもあまり報じられていない。報道するうえでは注目されやすい場所のほうがよいのだろうが、実際にひどい状況に置かれているのは、報道されている場所の人たちだけではない。ドイツ人のヤンも一緒に来たが、報

武装したFSA戦闘員と詰め所から最前線へと車で移動する＝2013年4月30日

道しにくそうなこうした田舎に自分の関心で来られるのは、俺が旅行者という気楽な立場だからではないか。

完全に廃墟と化した村では、小学校の校舎にも戦車砲かロケット弾を受けたような直径2メートル近い穴が空けられているし、砲弾を受けていない民家はないといっていいほど徹底的に攻撃を受けている。軍事関連の施設かそうでないかを区別しているようにはとても見えない。

FSAが拠点を設けているのはこの村の郊外の農地の中の一軒家か、砲撃を受けても大丈夫そうな半地下のマガーラの中だ。政府軍はその場所が分からないのかもしれないが、実際に行っている攻撃は住民も含めて全て殺す、というような内容だ。

政府軍の拠点も民家のある場所に置かれていることがあり、反政府側からの攻撃も同様に住民を巻き添えにしているだろう。一般人の多くが、たまたまそこに住んでいただけで巻き込まれてしまっているのが現実だ。

しかし、この村のあちこちに落ちている太さ30センチ以上の巨大なミサイルの破片を見ると、政府軍と反政府側が同程度の攻撃をしているとは思えない。夜になると、政府側の支配地域は煌々と明かりが灯っているが、対照的に反政府側の地域は完全なる暗闇だ。政府側の支配地域が同じように廃墟になっているとは考えにくい。

アレッポの政府側支配地域と反政府側支配地域が隣り合わせになっている場所でも、ほとんど壊れていない前者と徹底的に破壊されて廃墟になっている後者との差は鮮明だった。政府軍がやっているのは、反政府側地域に住んでいる人間を全て処罰しようとしているということではないか。実際に反政府側を支持しているか、していないかなど関係ないことは、この徹底した破壊の規模から明らかだ。

撮影できない戦場

今回、ハマに来て気になっているのは、撮影させてもらえない場面が増えたことだ。この日の朝にはＦＳＡの詰め所近くの学校に行き、30人ほどの少年少女が校庭を1列になってジョギングしているのを見たが、撮影できたのは数秒だけで、学校の中や授業中、子どもたちの遊んでいる様子なども撮ることはできなかった。

戦車に関しては軍事機密なので、前回のアレッポでもそうした兵器に関しては撮れないこともあったし、やむを得ないだろう。しかし、アレッポではひどい怪我に苦しんでいる患者に引き合わされて撮影するよう促されたが、今回のハマでは患者の撮影も基本的にＮＧだった。

自分がフェイスブックに載せることができるのは当然、撮影できたものに限られるので、撮影が許されないと何をどう伝えたらいいいか、戸惑ってしまう。

俺は英語もアラビア語もできないし、自分の考えたこと、感じたことよりも、映像や写真を見た人がその人なりに何かを感じ取ってくれればよいと思っているので、フェイスブック上では文章だけで自分の見たシリアを紹介するということは考えていない。

右寄りの人が書けば右寄りになるし、左寄りの人が書けば左寄りになる。自分がどちらなのか分からないが、自分の意見を書けばどちらかに偏った内容になってしまいかねないので、基本的に文章にはしないと決めている。

前回アレッポで撮った映像や写真は、言葉による説明がいらないほど強烈なものだった。撮影ができないという場面は基本的にはなかったし、自分が思わずカメラを向けたものがそのまま撮れたし、フェイスブックで紹介することもできた。何を撮って、何を撮らないかは特に考えていないが、文章などなくても藤本敏文が見たシリアというものが伝わったのではないかと思う。

自分が来ている目的はあくまで自分が見たいからなので、撮影できないのなら残念だけどしかたないと思うだけだ。でも、最前線で生きている人々に会って、彼らに返せるものがあるとすれば、フェイスブックに写真や動画を載せて現実を伝えることだと思っている。それができなくなってきたときに、旅行者としての俺は何ができるのだろう。撮らせてもらえないのだから仕方ないのだと思えばいいのかもしれないし、自分の中でも結論は出ていない。

今回は、現地で出会ったＦＳＡの戦闘員たちと俺がじゃれ合っている様子などもフェイスブックに載せている。特に意味を考えているわけではないが、内戦の最中にあって緊迫していても、彼らがなごやかな顔を見せるときもある、ということは伝えられた気がしている。

空手ごっこをした戦闘員と抱き合い、背中を叩き合っている場面を載せたときは、「自分も昔シリアに行ったときはフレンドリーなシリア人とそうしてハグしたよ」というようなコメントを書いてきた人もいた。

フェイスブックならメディアが流さないようなものを流せるので、自分の興味のあるものを自分のために撮ってきて、ついでにフェイスブックにも流している。俺は旅行者なので、見る人も報道のようなものを求めているわけでもないだろう。だから、考えすぎずにできる範囲でやる、というのがかえっていいのかもしれないとも思う。

砲撃の嵐

2013年5月1日、昨夜は前線に近いFSAの詰め所の屋上で寝たが、手と足がかゆすぎて早朝に目が覚めた。ダニがすごい。

かゆくて寝られそうもないので屋上から辺りを見渡すと、まわりの建物が空爆で倒壊している様子がよく分かる。しばらくしてみんな起きてきた。なぜかダニにやられたのは俺だけのようだ。

今日も前線に行くらしい。朝食をすませたころにやってきたタクシーに乗ろうと外に出ると、上空に政府軍のヘリが旋回しているのが見えた。俺は何か嫌な予感がしたので車に乗らずに建物の陰で撮影していたが、フィクサーのヨセフが「トシ、行くぞ！」と大声を出した。俺以外はみんなすでに車に乗っている。

「危険だよ。俺は乗らない！」

「トシ、早くしろよ！」

そこへ、ヒュウウウウン、と爆弾が投下された。みんな慌てて車から出て建物の中に逃げこんできた。だが幸い不発弾だったようだ。

――だいたい、真上にヘリコプターが来てたらヤバいやろ。フィクサーもっとしっかりしろよ！

「メイド・イン・ロシアでよかったな！　メイド・イン・ジャパンだったら全員死んでるぞ！」

ビシッとかましてやった。

ヘリが離れていくのを確認して車で前線に向かう。途中からは徒歩で、政府軍から丸見えの通りを駆け抜けて、菜の花のような花の咲く野原の中の詰め所に辿り着いた。しかし今日も戦闘はないようで、ここで昼寝しただけで帰ることになった。

詰め所に戻ってきたが、まだ時間が早いのでぶらつくことにした。外に出ると、バイクに乗ったおじさんが戦闘員たちと何か話している。アラビア語しかできない人だが、なんとか前線に連れていってくれるよう頼むと、「ＯＫ！」と気のいい返事をくれた。

しばらく村の中をバイクで走っていると、どこからか、ガアン、と迫撃砲が着弾する音が聞こえた。さっそく音のした方向へ向かってもらう。路地を右に左に曲がりながら進んでいくと、再びガアン、という音が響いた。さっきよりは近いようだ。

バイクでだいたいの方向へ向かっていると、左の方に土煙が上がっているのが見えた。おじさんにバイクの向きを変えてもらって進んでいくと、銀色のドームのあるモスクが通りの先に見えてきた。どうやらモスクに着弾したらしく、まだ煙っている。

「ゴー、ゴー、ゴー」

俺はおじさんに催促したが、おじさんは100メートルほど手前でバイクを停めた。2発目が来る可能性があり、すぐに近づくのは危険だからだ。

モスクをよく見ると、ドームにも壁にもいくつも穴が空いている。周囲の建物もボロボロで、日頃から激しい攻撃を受けているようだ。

すると、通りの左側の土手を下りた先に広がっている住宅街の一画からかすかに煙が出ているのに気づいた。煙はあまり太くなく、かすかなので着弾によるものなのか、炊事中なのかよく分からない。

ダアアン、大きな爆音が響きわたった後にギイイイ、と金属がひしゃげていくような音が聞こえ、直後にグシャッという、砕けるような大爆音がした。

「オウ・マイ・ガッ！」

思わず口にした瞬間、さきほどの煙のさらに少し先から薄茶色の煙が上がり始めた。

「おー！」

俺が指をさすと、おじさんも「おお！」と指をさした。２００メートル程度の距離だろうか。立て続けに砲弾が飛んでくるとは、まるで映画か何かのようだ。迫撃砲か、ミサイルか、または戦車砲か。知らないうちに砲撃の嵐の中にいた。

しばらく建物の陰に身を隠していたが、攻撃も落ち着いたようなのでまたバイクで走りだす。くねくねと何度も曲がり、政府軍から丸見えらしい通りを全速力で駆け抜けて、ＦＳＡの連中がたむろしている場所に辿り着いた。

連中はなぜか全員車庫の中にいて、「カモン、カモン」と呼んでいる。どうやらこの辺りにも着弾していたらしい。追撃の可能性があるので屋根のあるところに避難しているようだ。ＦＳＡの１人は腕が血まみれになっていて、顔も髪の毛も粉塵をかぶって白くなっている。着弾現場にいたらしい。車庫の前の地面に、血だらけになったシャツが落ちている。血で濡れたばかりのようだ。

シリア政府軍の砲撃が着弾して煙が上がるハマ郊外の村＝2013年5月1日

しばらくしてから、近くの平屋の建物に案内された。勝手口のような入り口の扉が開いているが、床に点々と血の跡がついており、奥へと続いている。粉塵で煙る屋内を引きずったかのような血の跡が左に曲がり、さらに右奥へと向かっている。ＦＳＡの男が床を指差すので見てみると、どこの部位かも分からないような肉片がべっとりとへばりついていた。まだまったく乾いていない。あまりの生々しさに、俺の口からうめき声が漏れた。

血の跡を辿っていくと、ぶちまけたかのような血だまりがあった。そのすぐ向こう側の塀と屋根が噛みちぎられたかのような形に崩れている。砲弾が当たって爆発したまさに丸い形に削り取られている。この着弾でＦＳＡの１人が死亡したという。さきほどの腕が血まみれの男性は、恐らく犠牲者を運んで血が付いたのだろう。

近くのＦＳＡの詰め所に行くと、十数人の戦闘員たちがたむろしていた。ビデオカメラを向けると、「アッラーフ・アクバル！」「バッシャール・アサド、ドンキー、ドンキー」などとやたらとテンションが高い。しかし詰め所自体は撮るなとうるさい。その間にも落雷のような爆発音や、銃撃音が遠くから聞こえてくる。何発かまた着弾した音が聞こえ、煙が上がっているのが見えた。

そうこうしている間に暗くなってきたのでおじさんに「そろそろ帰ろう」と言うと、なんとバイクがないという。誰かが乗っていってしまったようだ。

「どうやって帰るんだよ」

「歩いて帰ろう」

——マジかよ。かなり距離あるぞ。

とはいってもしかたないので歩くしかない。その間に急速に暗くなってくるし、ときおり銃声も聞こえてくる。風も吹いてきて、雲行きが怪しい。なんとも不安になってきた。

雨まで降り始め、ついに真っ暗になってしまった。

——最悪や。本当に帰れるんか。

さらに不安になり始めたところで、ポケットにパンを入れていたことを思い出した。おじさんと半分こしてかじりながら、1時間ほどかかってようやく詰め所に辿り着いた。

無愛想なジャーナリストは放置される

2013年5月2日、気がついたら朝になっていた。昨夜は、砲撃の嵐の中を歩いてFSAの詰め所に帰ってから、またボディガードのハブサイの親戚の家に遊びに行った。ご馳走してもらって腹がいっぱいになって、そのまま眠ってしまったようだ。家の人が丁寧に毛布をかけてくれていた。シリア人は本当に優しい。

ほかのみんなは詰め所に帰って寝たらしいので戻ってみると、全員まだ寝ていた。起こしたが起きないので、セルターンの布団に潜り込んでいたずらをしてやることにした。足を絡ませて乳首を触ってやると、笑いながら起きてきた。

「トシ、何してるんだよ！」

「コミュニケーションだよ！」

セルターンはそのまままた眠りだした。

今日はアレッポに帰る日だが、何となくまだいたかったので、起きてきたヨセフに「まだここにいたいんだけど」と言ってみたが、「ダメだ。今日帰る。明日から激しい戦闘が始まるから、道路が通行止めになって帰れなくなる」と即答された。

——んんんー。戦闘は見たいけど帰れなくなるのは困るな。なんせサラリーマンやからな。日本に帰れば上司が鬼の形相で待ってるしな。

日本はとかく時間にうるさい。会社は俺がシリアに行っているのは知っているが、俺の安否よりも仕事に穴が空くのを嫌がる。シリアのことは全く知らないから何ごともなく帰れば何も言われないが、時間厳守だけはどこに行っていても絶対だ。

今朝もまた違う家に行って朝食をご馳走になった。ハマに来てから毎日よいものを食べさせてもらっている。本当にシリア人には感謝だ。

「トシ、俺の写真はフェイスブックに載せないでくれ。政府軍からもFSAからも狙われるから」

今日でシリアは最後のヤンが、食事をしながら耳元で俺に言った。ヤンの方から話しかけてきたのは数えるほどで、覚えているのはこの言葉くらいだ。

食事が終わってしばらくしてタクシーが来た。また地獄の旅かと思ったが、今回はエアコンも効いていて快適だった。途中の休憩時間では、畑に生《な》っている何かの果物を運転手がせっせと集めていた。食べてみると、酸っぱいが食えなくはない。シリアはほんとうに豊かなところだ。戦争がなければ、みんなのどかにのんびりと暮らしていたのだろうとつくづく思う。

ボディガードのハブサイを自宅まで送り、バブアルハワに着いたところで、ヨセフとヤンがもめ出した。アレッポまで戻るタクシーだが、ヤンのために国境に寄ったので、運転手に25ドル払えとヨセフが要求しているのだが、ヤンがこれをしぶっている。

――こんな戦場でフィクサーともめたら、まずいんとちゃうか。大した金額でもないやろ。

しかし、俺は言葉もできないし仲裁のしようもないので横で見ているしかない。

「黙れ！」と怒鳴りつけてついに怒りだしたヨセフは、運転手にアレッポへ向かう分岐点まで戻るように指示して、着いたところでヤンを降ろしてしまった。大丈夫か、と思ったが車はそのまま一路アレッポへ向かった。

タクシーはＦＳＡの検問があるアレッポの入り口までで、そこからはヒッチハイクで帰るしかない。ＦＳＡの戦闘員が通りかかった車の運転手と交渉してくれて、４ＷＤのよい車に便乗させてもらって30分程度でプレスセンターに着いた。

疲れたので晩飯だけ買ってきて食べて、酒を飲んですぐ寝ることにした。明日は金曜日なのでデモがある。明後日はトルコに帰るので、ヨセフにアザーズのアライディーンに連絡してもらって、明日の夜に迎えに来てもらうように言ってもらった。

——今回はあまり撮影できなかったな。前回と違ってNGが多かったもんな。しかし、いままで知り合ったメディアの人と違ってヤンとはあまり気が合わなかったな。最後までコミュニケーション取れんかったもんな。

その後、ヤンが無事シリアを出たという噂を耳にしたのでよかったが、このころすでに何人ものジャーナリストがシリアで行方不明になっていたので、国境に近いとはいえ、路上に1人で放置されるというのは非常に危険だったのではないかと後になって思った。現地人とはなるべくもめないほうがいいし、言葉ができてもできなくても、仲良くなる努力はしなければならない。

でもこのときはそんなことは思いつかずに、酔っ払ってすぐに寝てしまった。

荒廃するシリア

2013年5月3日、今日はアレッポ最終日だ。午前11時にみんなで歩いて街の中心部に向かった。前回来たときよりも開いている店が少ない。ほとんどが露店になっていた。

この街が少しずつ悪くなっているような気がした。人口の流出、治安の悪さ、物資の不足。インフラはアサド政権によって全て止められている。そして仕事がない。全てが不足しているが、なくなっていないのは人情だけか。

飯を食べながらデモが始まるのを待っていると、知り合いがたくさん集まってきた。みんな俺のことを覚えてくれていた。時間になって人も集まりだしたのでデモの中心に行くと、すでに始まっていた。広い場所でやると目立って危険らしく、狭い通りでやっていた。

今回は女性の参加者が多いという印象だ。手や頬に緑、白地に赤い星3つ、黒の「自由シリア」の旗を描いている人も多い。相変わらず子どもがステージの上から歌うように呼びかけて、人々がこれに応じる。男性陣は肩を組んで列になって踊るなど動きが増えていて楽しいが、前回来たときと比べて全体に人数は少なくなっていて、シリアの荒廃が進んでいることを実感させられた。

国連は2013年6月、シリアの反政府運動が始まった2011年3月以降の死者数が9万2901人に達したと報告。約1年後の2014年8月には19万1369人と倍増以上のデータを公表した。2015年3月には22万人に達したとしているが、実数はさらに膨らむとみているという。2014年の数字では犠牲者が最多だったのは首都ダマスカスの郊外で約4万人、アレッポはこれに次いで約3万2000人、西部ホムスが2万8000人余となっている。2013年と比べ、アレッポとホムスが入れ替わっており、この1年のアレッポの惨状がいかにひどいかが分かる。

犠牲者の85%は男性で、女性は9・3%。子どもの死者は少なくとも8803人で、4分の

1以上が10歳以下だ。子どもの実際の死者はより多い可能性があるという。親が被害にあった場合、子どもも一緒に犠牲になると実数の把握は難しくなりそうだ。子どもは身体が小さいだけに同じ怪我をしてもより深刻になる。シリアはどこへ行っても子どもだらけで、それだけに犠牲者も多いだろう。本当に悲しいことだ。

２０１３年に入り、シリア国内で化学兵器が使用されたとたびたび報道されるようになった。8月にはダマスカス郊外でも使用され、数百人の犠牲者が出たとも言われる事件が発生する。米国はアサド政権が使用したとして空爆を検討するが結局は断念し、ロシアの仲介でアサド政権が化学兵器を廃棄するということで手を打つことになる。その後、アサド政権は一気に攻勢に出て反政府側の被害が拡大していく。化学兵器以上に通常兵器によって殺戮が行われてきたが、米ロのお墨付きによってこれからも続くということだ。

デモが終わってプレスセンターで待っていると、午後3時ごろに運転手のアライディーンが国境の町アザーズから迎えにやってきた。出発前にプレスセンターの宿泊代をヨセフと交渉だ。

「いくら払ったらいい？」

「1泊70ドルだ」

「前に泊まったときは25ドルだったよ」

「分かったよ。トシは友だちだから25ドルでいいよ」

仲良くしているとこういうときに助かる。プレスセンターのみんなにあいさつをし、隣のF

SAの詰め所にいたムハンマド少年にも別れを言ってアザーズに向かった。

「今夜は何が食べたい？　チキンでいいか？」と言ってアライディーンは町の鶏肉屋の前で車を止めた。ここではまだ生きているニワトリをその場でしめる。少しお湯に入れ、洗濯機のような機械に入れて回すとあっという間に丸裸になった。今日はチキンの丸焼きだ。今回のシリアは食べ物に困らなかった。その点では前回よりも贅沢な旅になった。

アライディーンの家に着くと、食事をすませてから親戚の家へ行って水タバコとお茶をいただいた。昼間は暑いが夜は気持ちいい。家に帰って久しぶりのシャワーを浴びてから、窓を開けて寝ることにした。

シリア最後の一日

2013年5月4日、朝6時、すごい爆発音で目が覚めた。窓から爆風が入ってきた。音も爆風も迫撃砲とは比べものにならず、その凄まじい威力が窺えた。シリアのモーニングコールは強烈だ。

シャツとパンツのまま屋上に上がって辺りを見回していると、アライディーンと兄貴も上がってきた。

「あれはスカッドミサイルだよ。最近もこの辺りに飛んできたんだよ」

スカッドはソ連が開発した短距離弾道ミサイルだ。アザーズの南6キロにあるシリア空軍のミナク空港を攻撃している反政府側を狙っての攻撃だというが、何キロも離れている市内に着弾しているのは、いくらなんでも誤爆ではなく狙ってのことだろう。

「後でスカッドミサイルが着弾したところに連れていってやるよ」

アライディーンが言うのでひとまず部屋に降りて朝食をすませてから、兄貴に連れられて現場へ向かった。

畑の中に深さ4メートル、直径20メートルもの穴が空いていた。続いて住宅街に落ちた場所を見せてもらうと、やはり同程度の大きな穴が空いていて、直撃されたと思われる家は跡形もなく、周囲の建物は穴に面した壁が爆風で完全に破壊され、屋根が落ちてしまっている。空港周辺を狙っての誤爆ならばあまりにも性能が悪いか、シリア軍の能力が低いということだし、わざとここへ落としたのならば故意の殺戮と言わざるをえないだろう。

次に向かったのは病院で、空港の戦闘で負傷した戦闘員が5人いたが撮影はダメだと言われた。中を案内されている間に足を負傷した戦闘員が新たに運び込まれてきて、その処置の間は写真を撮ることができた。

足元で何かが爆発したのか、左足の親指付近に、タイルが剥がれたかのような四角形の穴が空いていて、太ももにかけて出血しているため医師らがハサミでズボンを切り開いていた。ミナク空港はアレッポへの空爆にも利用されてきた重要な空軍基地で、反政府側が包囲しているものの、政府軍が武器弾薬や食糧を空輸し、周辺に空爆を加えることで、8月にヌスラ戦線の手に落ちるまで維持し続けることになる。やはりかなり激しい戦闘が行われているようだ。

このときは処置中の様子を医師や患者の顔が入らないように撮影したが、のちにシリア内戦をさらに泥沼の混乱に陥れていく転機ともいえる事件が起こる。舞台になったのは恐らくこの病院ではないかと思う。ただ、このときはまだ予兆もなく、俺は「ここも撮影はダメなんや」と思いながら立ち去っただけだった。

このあとパン工場に寄って見学してからできたてのパンを食べさせてもらい、中に入ることすらできないほど破壊されて使われなくなった病院などを見て回ってからトルコ国境へ向かった。国境の審査も無事通過してトルコに入り、帰国のためにガジアンテップの空港へ直行した。

第五章

外務省にキレられる

「シリアにはもう行かないと言ったじゃないですか！　次は会社に言いますよ？　行かないように言ってくれるよう会社に言いますよ！」

「会社もう知ってるで」

「だから行かないでほしいんですよ！」

5月にシリアから帰国した直後に、また日本の外務省から電話が入った。俺のフェイスブックを見て知っていたらしい。彼らも忙しいだろうから俺のフェイスブックなんかチェックしていないと思っていた。

「シリアにはもう二度と行かないとフェイスブックに書いてください。今すぐ書いてください！」

「今ここにパソコンないからなー」

「絶対書いてくださいよ！」

その後もそういうことは書いていないが、外務省から特に連絡はない。前回も今回も口ではいろいろ言ってくるがそれだけで、特に何をしてくるわけでもない。シリアで俺に何かあったとしても外務省が何かできるはずがないし、言うことしかできないから言っているだけなのだろう。シリアには世界中からジャーナリストやNGOが集まっている。俺が旅行者だとはいえ、こんなことを言ってくるのは日本くらいじゃないか。

世界の戦場はシリアだけではない。隣国のイラクでも反政府デモに治安組織が発砲したり、街なかで爆破事件が起きたりと大変なことになっている。死ななくていい命がどんどん消えている。

その反面、多くの人が自分から命を落としていく国もある。日本では毎年3万人近い自殺者がいる。自分も離婚してから何回も自殺を考えた。健康問題や経済的な理由からの人が多いが、精神的な面での住みにくさがあるのではないか。自由があるように見えるが、本当の自由はあるのだろうか。

聖戦士ハムザイ

2013年11月、友人からメールで知らせを受けて驚いた。いつの間にか俺がアルカイダ系の「イラク・シリア・イスラム国（ISIS）」の一員にされていたからだ。

『シリア戦闘参加の日本人が、反体制派から離脱』

こうしたタイトルで日本語の記事を載せていたのは、イラン国営放送「国際放送ラジオ日本語」のウェブサイトだ。11月11日に掲載されたその内容は、一から十までことごとく捏造の驚くべき記事だった。

『シリアの反体制派に加わっていた日本人の藤本敏文さんが、そのグループから離脱しました』

『数ヶ月前に、写真撮影のためにシリアを訪れ、その後イスラム教徒となり、戦闘に加わっていた藤本さんが、先週その戦いをやめました』

『藤本さんは、イラク・シリアイスラム政府と呼ばれるテログループの指導者に誓いを立て、サッラーフィー主義者と共に、シリア軍と戦ってきましたが、彼らの道徳的に逸脱した行動を目にし、自らの間違いに気づき、休暇を理由にこのテログループから離脱したということです』

『藤本さんは、シリアの戦争の困難な状況を経験した最初の日本人として、「戦闘員はアメリカやシオニストと繋がっており、一切の道徳的原則を守っていない」と述べています』

このような内容の記事で、いつの間にか戦闘に参加してしかも離脱していたというものだ。

しかし俺はISISには接触したこともないし、このようなインタビューを受けたこともない。

「アメリカやシオニストと繋がっており」というのはアサド政権やアサド支持者がいつも言っ

ている言葉だが、俺はそんなことを言ったことはない。よくもここまで勝手なことを書けるものだと感心してしまう。

シリアのアサド政権を支援し続けているイランの国営放送のサイトだけに、反体制側を一貫してテロリスト扱いし続けているが、アサド支持者や反米の日本人たちは「西側メディアが報じない真実」というようなことを言って、よくフェイスブックやツイッターなどでこのサイトの記事を紹介している。

実態はこのようなものなのに、自分が言ってほしいと思っていることを言ってくれる報道を、事実かどうかに関係なく人は信じるものなのだということがよく分かった。

しかし、こうしたデマが流れ始めたきっかけは、俺の不用意な投稿だったのかもしれない。

実は、２０１２年12月のシリアで、ロイターのムザファムやプレスセンターのスタッフたちと前線に行ったときに、撮影用にデモンストレーションでＡＫ－47を撃っているＦＳＡに試射をさせてもらったのだ。第一章の中の「女子に『あんた狂ってる』と言われる」の項で紹介した前線でのことだ。そのときは戦闘が起きていなかったし、相手がどこにいるのかも見えなかったので、何もないところへ適当に撃っただけだった。それが「参加している」という見方をされかねないという認識が全くなかったのは俺の落ち度だった。

そのときの撃っている瞬間の迫力ある写真をプレスセンターの友人が送ってきてくれたので、２０１３年の８月に、うれしくなって思わずフェイスブックに載せてしまった。その写真が使われて、海外のいろいろなサイトで「日本人がアルカイダに参加している」などと書かれて拡散してしまったのだ。

俺は慌てて画像を削除したが、いまでもネット上には残ってしまっている。不用意な投稿が自分の意思とは関係なく広まって、自分ではどうにもできなくなってしまうことを今さらながら思い知らされた。

さらに告白すると、実は俺はシリアでイスラム教徒になっていた。２０１３年、アレッポから国境のアザーズへと戻る途中で運転手の兄貴に勧められ、彼の家で親戚たちを前にして宣誓した。「ハムザイ」というイスラム名を兄貴がつけてくれた。強い男を象徴する名前らしい。

アレッポで前線やプレスセンターで戦闘員たちと過ごすうちに、彼らと一緒にいる時間の心地よさと、彼らのもてなしの精神に心を打たれたからだ。彼らと一緒にいるという実感を得られるのなら、という気持ちもあってイスラムに改宗した。

イスラム教徒になったのはいいのだが、自分の周りにいないし、日本でどのように思われるのか分からなくて、そのことは人に言っていなかった。シリアに行ったことをきっかけにいろいろな人と知り合ううちにイスラム教徒になった、ということもそれほど変なことでもない気がしてきたので、フェイスブックにそのことを書いた。それが「シリアで戦闘に参加するイスラム聖戦士ハムザイ」に変わってしまったわけだ。

しかも、ＩＳＩＳを実際に取材したジャーナリストの常岡浩介さんと取り違えられて、俺が

ISISに参加しているかのように書いているサイトもあった。どう見ても顔が違うのに、外国人は日本人ならみんな同じ顔に見えるのか。
イラン国営放送に書かれてから、俺はフェイスブックですぐに反論した。
『これはイランによる反体制派に対するメディア戦略です
イランは藤本敏文を利用している
イランからのインタビューはされていません
イランは嘘を言っています』
という内容のことを、日本語と英語で書いたところ、フェイスブック上の友達が信じてくれてたくさんのコメントをしてくれた。イランで反体制運動をしているというイラン人は、自分のアカウントにペルシャ語でこのことを書いてくれた。外国人の友達がたくさんいたおかげで、海外で流されたデマについて海外向けに反論できたのはありがたかった。
フェイスブックにはずっと、デモで自由を訴えるシリアの人々の写真や動画、負傷して血まみれの患者、ごく普通のおじさんとしての戦闘員の表情などを投稿し続けていた。戦場の惨状を見て、自分はあくまで旅行者だけど、それだけではいけない、という気持ちになっていた。自分が見たことを人に知ってもらうということが、戦争を見に行った人間としての義務なのだと思うようになった。
でも、旅行者気分でやった行動と投稿がこのように受け止められる、ということが分かっていなかった。人が死んでいく戦場を旅行するということが不謹慎であるという認識はあったから、フェイスブックにもなるべく自分を出さずに、淡々と写真と映像を載せてきた。それでも、世界中からコメントや「いいね！」をもらうようになって、調子に乗ってしまったのかもしれない。戦争というものを、まだ軽く考えていたということに気づいてショックだった。

立ちはだかる「イスラム国」

２０１３年12月にまたシリアに向かうことにした。５回目の渡航だ。なぜかシリアに惹かれてしまう。日々が文字通り命がけである戦闘員たちといっしょにいる時間がとても心地よいからだ。

旅行者として内戦中のシリアに通うことにこれといった大義はないが、多くの人々が日々死んでいく現実を少しでも人に知ってほしいという気持ちが強くなっている。それが彼らに対して俺が返せることでもあるから、また行かなくては、という気にもなってくる。

12月26日、トルコのガジアンテップ空港に着いた。シリア人とは約束ができていて、空港から彼の家にほど近い路面電車の駅までタクシーで向かう。

車を降りたが右も左も分からない。シリア人に電話をしてみると、まだ家にいるという。近くの店の前で待ち合わせをするということのようだが、場所が分からないので近くにいた大学生のグループに電話を代わってもらって、指定されたすぐ近くのスーパーの前まで連れていってもらった。

しばらくして2人組がやってきた。アレフとヤザンだ。２０１２年12月にアレッポに行ったときに、プレスセンターのスタッフとして働いていたメンバーだ。戦況が厳しくなってきたため、今年3月ごろからトルコに避難している。4月に来たときには会えなかっただけに、彼らも再会を喜んでくれた。

アレフはいつの間にか結婚していて、今夜は彼の家に泊めてもらうことになっている。彼の住んでいる場所は新興住宅地で、家は新しいが周りは空き地ばかりで何もない。間取りは２Kで広くはない。この中にアレフ夫婦のほかにシリア人２人が暮らしている。インターネットはまだ引かれていないという。

すでに夕方だったので、外に夕食を食べに行くことにした。パソコンを片手に電車に乗ってショッピングモールにやってきた。トルコは無線ＬＡＮが使えるカフェが結構ある。ここでピザを頼んでインターネットだ。

酒もあるのでビールを飲んでいたら、アレフたちの友人が次々にやってきた。その中の何人かがテレビで見て俺のことを知っていて、携帯で写真を撮られまくった。

ヤザンにフィクサーを紹介してくれるように頼むと、「ＦＳＡの将校を紹介するよ。そのほうが安全だから」とさっそくメールでコンタクトを取ってくれた。

これまでならトルコのキリスから自分で国境を越えてシリアに入ることができていた。しかし、アルカイダ系の「イラク・シリア・イスラム国」がシリア側のアザーズを支配しており、トルコ側は国境を閉鎖してしまっている。

今年9月、アザーズの病院にやってきたドイツ人医師が、シリア空軍の空港争奪戦で負傷した戦闘員の撮影をしていたところ、スパイと疑ったISISと医師を連れてきたFSAの間でトラブルになった。病院での撃ち合いが街全体に拡大し、大挙してやってきたISISとFSAの本格的な戦闘に発展した結果、ISISがアザーズを占拠した。

前回4月に俺がアザーズに来たときにプレスセンターにいたシリア人の若い活動家は、ISISのスナイパーに射殺された。外国メディアの案内をすることも多かった人だ。その他の活動家も何人も殺害され、計100人近い死傷者、行方不明者が出たという。ISISとFSAは数日後に停戦したものの、ISISは2014年1月までアザーズを支配し続けた。

ISISは、イスラム法によって統治するカリフ制国家の樹立を目指すイスラム教スンニ派の集団である。2003年の米英軍によるイラク占領後、反米武力闘争を展開した「イラクの聖戦アルカイダ組織」が他の武装組織との統合・解散を繰り返しながら2006年に「イラク・イスラム国（ISI）」を立ち上げ、2013年4月、隣国シリアの内戦への関与を強めてISISを名乗った。アルカイダ本部からシリアからの撤退を命じられたが従わず、2014年2月にはアルカイダから関係を絶たれた。2014年6月にはイラク北部のモスルを占領して「イスラム国（ＩＳ）」建国を宣言することになる。

こうした状況のためアザーズからシリアに入るのは不可能で、アレフからは今回はアレッポではなく西のラタキアに行くことを勧められた。

しばらくしてヤザンにＦＳＡの将校から返事が来た。しかし、なんと仕事の都合で４日後になる、とのことだった。

――マジかよ。ガジアンテップで４日も足止めかよ！　することないやんか。

とりあえずアレフの家に帰り、アレフ夫妻が寝室を使うので俺たち３人で雑魚寝した。

有名なのが怖くなってきた

２０１３年12月27日、朝起きたらアレフの奥さんが朝食を作っていた。シリア人でとても美人だ。ここトルコではイスラム教徒でもヘジャブをかぶっていない人が多い。中東に来て髪を隠していない女性を見るのは、２０１１年にダマスカスのキリスト教地区に行って以来だ。イエメンでは女性はみな全身黒装束だったし、イスラム教徒も国が変わればずいぶんと変わる。

それにしても、することがない。ＦＳＡの将校からの連絡を待つだけだ。

「トルコのキリスにあるシリア人難民キャンプを見たいから連れていってくれよ」と同居しているヤザンに頼んだが、「あそこはトルコ警察の許可がいるんだよ。多分なかなか出してもらえないよ」とのことだった。

そうはいってもヒマなので試してみることにした。昼からみんなで電車に乗り、隣駅から歩いて警察署へ行く。アレフとヤザンが交渉してくれたが、結局、許可証は出なかった。しかたがないので近くのカフェでお茶を飲みながら気を落ち着かせることにする。

——トルコはいつも通過するだけだったけど、今回は長い滞在になりそうやな。

のんびりお茶を飲んでいると、通りかかったシリア人が声をかけてきた。それも俺にだ。前回トルコの国境で会った奴だった。まさかこんな所で再会するとは。

その後はアレフの家に戻ってゴロゴロしていた。暇つぶしに日本から持ってきたパソコンに入っている映画を見ることにしたが、どうも集中できない。ご飯はアレフの奥さんが作ってくれて助かるが、とにかく暇だ。まるでプチニートにでもなった気分だ。

夕方、食材を買いにみんなでスーパーに行き、お菓子売り場でいろいろ見ていたらここでもシリア人に声をかけられた。トルコの大学で日本語を教えていて、俺がAFPのニュースで流れたときに、俺を題材にして日本語の授業をしたらしい。買い物をすませて外に出ると大学生がたくさんいて、この先生が俺のことを説明するとまた写真を撮られまくった。

アレッポに一番近い大きな都市だからか、ガジアンテップにはシリア人が多い。インターネットをやりにカフェに行くたびにシリア人に声をかけられる。それは嬉しいのだが、5月にシリアで一緒だったドイツ人のヤンの言葉を思い出した。「顔が出まわると政府軍からも反政府側からも狙われるからフェイスブックに写真を載せないでくれ」と言っていたことだ。

政府側が俺のことを狙っているという話があったし、イラン国営放送が流していた「ＩＳＩＳに参加していた」という報道のおかげで、政府側からも反政府側からも狙われかねないし、ＩＳＩＳを批判していたことになっているからＩＳＩＳからも狙われるかもしれない。

日本にいると気づかないが、トルコに来て自分の名前と顔がこれほど知られているとは思わなかった。今まで声をかけてきた人たちは味方みたいだが、シリア政府支持者がいたらどうなることか。トルコにもシリア政府支持者がたくさんいるはずだ。

シリアに入れず焦る

２０１３年12月28日、朝５時に目が覚めた。荷造りをしているとみんな起きてきて、「トシ、気をつけて行けよ。帰ってきたらまた来いよ」と言ってくれた。

昨晩、カフェに行ってヤザンにＦＳＡの将校にメールをしてもらうと、最悪の返事が返ってきた。

「トシ、将校が行けなくなったらしいよ」

「どうすんの！　誰か紹介してくれよ！」

これまでシリアには簡単に入れていたが、今回の旅行は最初からつまずいた。ヤザンがシリア西部に接するトルコのハタイ県にいる友だちに電話をして紹介してくれたので、さっそく今日の朝から向かうことにした。

タクシーでバスターミナルに着いた。まずは腹ごしらえに甘ったるいパンを買ったが、これが甘すぎる。

——中東の食べ物はなんでこんなに甘いんや。日本のあんパンが一番やな。トルコの食べ物は世界三大料理のひとつとかいうけど、それほど美味いとは思わんなー。いい店に行っていないからなのだろうけど。

しばらくしてバスが走りだした。運転手によると、着くのは昼過ぎだという。6時間もかかるわけだ。ガジアンテップからハタイへのバスルートにはバス停はなく、乗りたい人は道に立って手を上げれば停まってもらえる。

途中の町で一度だけ休憩をして、ハタイに入ったところで検問があった。内務省所属の国境警備や治安維持などにあたる準軍事組織ジャンダルマがバスに入ってきてパスポートチェックを始めた。ここは特に問題なく通過した。

昼過ぎにハタイの県都アンタクヤに着いたところで、紹介してもらったヤザンの友だちに電話したが、「今日は無理だから明日にしてくれないか。ホテルの名前を教えてくれたら行くよ」とのことだった。しかたがないのでタクシーに乗り、安い宿に連れていってもらった。

今回は時間だけが過ぎていく。滞在日数は10日程度なのにすでに半分を消化してしまった。

ジャーナリストではないから別にシリアに行く必要はないのだが、自分の中で焦りが出てきた。アレッポにいた友だちはみなトルコに逃げてきていて戻れないということなので、どうせなら違う場所に行ってみたいと思った。行ったところで友だちに会えるわけではないが、シリアは俺の中ではもう特別な場所になっていて、どうしても入りたい気持ちがあった。

次の日、昼ごろにまたヤザンの友だちに電話をしてみた。どうやら乗り気でないらしく「今日は行かない」と言われた。期待の綱が切れた気がした。もう時間もないし万事休すだ。

こうなったら自力で行くしかない。ホテルを出てバスターミナルへ行き、いろいろな人にシリアへの行き方を聞く。タクシー運転手の1人が、シリア西部の地中海沿いのラタキア県なら町の手前まで行けると言うので、さっそく向かってもらうことにした。

しかし、ラタキアに向かうトルコ南部ヤイラダの国境検問所は閉まっていた。最悪だ。イミグレーションの人に話を聞くと、すぐ近くで戦闘が始まったらしい。何度も交渉したが通してくれなかった。しかたなくアンタクヤに戻って警察で聞くと、前回、アレッポからハマへの往復で寄ったバブアルハワの国境が開いているとのことで、バスとタクシーを使って向かった。

実際、国境検問所は開いていた。

——ラッキー！　開いてるんや。これでシリアにやっと入れる。長い道のりだったなー。

浮かれた気分で出国審査の列に並んでいると、係官に声をかけられた。

「シリアに行くのか？」

「そうだよ」

「ここの国境はシリア人しかダメなんだよ。外国人は通してないから」

ここでも交渉したが、やはりダメだった。なんてことだ。諦めて近くに座り込んでタバコを吸う。

すぐ近くで発砲音がした。国境警備隊がシリア側のＩＳＩＳを攻撃している銃声が頻繁に聞こえてくる。ますます焦りが出てきた。とりあえず国境の町レイハンルに戻った。

国境警備隊に血まみれにされる

このまま待っていても国境が開く気配はなさそうだ。レイハンルのバスターミナルで途方に暮れていると、トルコ人の青年が声をかけてきた。シリアへの密出国の話だ。「近くの国境のフェンスに穴が開いているから、そこからシリアに入れるよ」とのことだ。

——前に聞いたことがある。たくさんのジャーナリストが通っているという話だ。これも経験か。しかし警備隊に見つかると面倒くさくなるかもな。

「みんないつもそこを通っているから問題ないよ」というこの青年のバイクに乗せてもらってその国境のフェンスを目指した。バイクは畑を抜けて、オリーブ畑に入っていった。

「ここからは１人で行ってくれ」

——マジかよ！　1人で密出国すんのかよ！

しかたなく1人で歩いていると、前から2人の青年がやってきた。息が荒い。

「シリアに入りたいんだけど」

「自分たちも今シリアからトルコに密入国してきたんだよ。連れていってやるよ。その代わり、国境警備隊に見つかったら300メートルは走らないとダメだぞ」

2人のうちの1人が連れていってくれるようだ。オリーブ畑の中を走っては木の陰に身を隠し、少しずつ進んでいく。しばらくしてフェンスが見えてきたが、トルコの国境警備隊の装甲車が見回りをしている。マイクで何か言っているようだが分からない。俺たちの100メートルほど前で停まり、しばらくしてからまた移動を始めた。木陰に隠れてじっと様子を窺う。

装甲車の姿が見えなくなると、青年が「重たいから持ってやるよ。走るのに大変だぞ」と言って俺のリュックサックを持ってくれた。

また少しずつ進んでいく。フェンスの穴が見えてきた。

「ここからあのフェンスまで走るぞ」

青年が言った。距離は50メートルほどだ。全力でフェンスの前へと走った。

「止まれ！」

穴の手前まで来たところで声が聞こえた。国境警備隊だ。シリア人は俺のリュックサックを投げだして一目散で逃げだした。

――おいおい、何てことしてくれるんや！

俺は慌ててバッグを拾い、元来た方向へ走りだした。そこへショットガンを持った国境警備隊員が前から2人出てきた。挟み撃ちだ。

「止まれ！」

俺はまだ何もしていないのだから大丈夫だと思ったが、大きな間違いだった。

「荷物を置いてそこに伏せろ！」

銃をつきつけられて地面に腹ばいにさせられた。武器を持っていないかのボディチェックだ。ポケットの中の物は全て出された。

「立て！　お前はテロリストか！」

「違う！　俺は旅行者で、テロリストではない！」

「違う！　お前はテロリストだ！」

頭を両手で挟まれてヘッドバットを1発くらわされた。鼻に当たって、右の穴から血が噴き出した。血が止まらないので手鼻をかんで押さえていると、なんとか鼻血は止まった。

次はパンチの連打だ。俺は中学生のときに柔道をやっていたのでなんとかヒットはさせなかった。しかしこれが奴らに火をつけたのか、今度は2人がかりで蹴りを入れてきた。最初は足を蹴られていたが、途中から座らされて体を蹴られた。いつ終わるか分からないくらいに暴行の嵐が続いた。30分以上は蹴られたのではないか。

――トルコの国境警備隊は腐敗していると聞いていたけど、無抵抗の人間に銃をつきつけてここまでするんか。こいつらのストレス解消の道具にされてるやんか。

後で聞いた話では、シリアから避難してきて密入国した人も、見つかると同じように暴行を受けているという。国境のフェンスのところでトルコ側から国境警備隊に「こっちにおいで！」と呼ばれ、避難できると思ってトルコ側に入ったところで暴行を受け、シリア側に帰らされる、ということが頻発しているらしい。どこの国にも、弱い者に対してだけ強い奴はいるものだ。

国境警備隊の暴行も一通り終わると、また腹ばいにさせられた。

今度は持ち物チェックだ。奴らはお宝でも探すかのように、韓国歌手の「江南《カンナム》スタイル」を歌いながら俺のカメラバッグを開けてカメラ、ビデオ、レンズ、電子辞書、携帯電話、懐中電灯を出し、次にリュックサックから寝袋、パソコン、ズボン、タバコ、その他の電気製品を出し、その間も「お前はテロリストだ」と何度も言いながら全て横に並べだした。どうしても俺をテロリストにしたいらしい。

作業を終えると無線で誰かを呼んでいる。しばらくして装甲車が来た。ボスらしき人間に「仕事は何だ?」と聞かれ、「俺は旅行者で、間違えてここへ来た」と言ったが、話はそれで終わった。仕分けした荷物を装甲車に積み始めたので俺もどこかへ連れていかれるのかと思ったら、俺と国境警備隊員2人を置き去りにして行ってしまった。

——俺をテロリストにしたのは荷物を奪うための口実か！

奴らは金には手をつけず、空っぽになったカメラバッグとリュックサックを俺に投げつけた。

また暴行が始まった。銃をつきつけられて、蹴りの嵐だ。頑丈な身体でよかった。

「さっさと日本に帰れ！」

「俺の荷物を返してくれよ！」

国境警備隊はまた俺に銃をつきつけた。

「早く行け！」

——トルコには国が認めた盗賊がいるんやな。いま気づいたわ。

辺りはすでに真っ暗だ。どちらに歩いていけばいいのかも分からない。

「暗くて分からない」

そう言うと彼らは俺から奪ったライトだけ返してくれた。

畑の中を歩いていると、はるか彼方に電気の明かりが見えてきた。そこが一番近そうだ。1時間近く、真っ暗な畑の中を歩いてやっと道に出た。右へ行くか、左へ行くか。

——あー！　やられちまったな。あいつら盗賊やんけ！　何の取り調べもなく、荷物が欲しかっただけやんけ！

この国境はシリア側のアトメという町に近い。このアトメは11月に、ＦＳＡの内紛に乗じたＩＳＩＳが占拠している。3月には、支援団体で活動していた英国人のデビッド・ヘインズさんが武装集団に拉致され、ＩＳＩＳに売られた末、２０１４年9月に首を切られて処刑されている。シリア人が入りたがらないのも、国境警備隊が警戒するのも当然だが、それにしても何の取り調べもないとはひどい。

町へはヒッチハイクで戻るしかない。田舎道でなかなか車が通らなかったが、やっと来た車に手を上げたら止まってくれた。子どもたちの送迎バスだ。

「町のバスターミナルまで行きたいんだ。国境警備隊にやられて荷物も取られた」

「乗れよ」

中を見ると、子どもたちが10人ほど乗っていた。

「町までは50ドルだ」

——いま国境警備隊から暴行を受けて荷物も取られたって言ったのに、金取るのかよ。でも他に車が来るか分からないし、乗るしかないか。

中に入ると、子どもの１人に「目のところから血が出てるよ」と言われた。どうやらヘッドバットをくらったときに目の上を少し切ったみたいだ。「これで拭けよ」とありがたいことに、運転手がティッシュペーパーをくれた。

「どこまで行くんだ?」

「アンタクヤまで行きたい」

「１００ドルで連れていってやるぞ」

——商売がうまいなこいつらは。

子どもたちを順番に降ろし、しばらくしてレイハンルのアンタクヤ行きのバス停に着いた。バスはまだ出発しないようなので、近くの店でタバコとライターを買った。今日は朝から吸っていない。久しぶりのタバコはうまい。

そこへ2人組の男が来て話しかけてきた。シリア人だ。

「テレビで見たことあるよ。どこに行くの」と聞いてきたので今日のいきさつを話し、「今夜はアンタクヤのホテルに泊まろうと思ってるんだ」と答えると、「それだったら、私の家に泊まればいいよ」と言ってくれた。

——やっぱりシリア人はいい人が多いわ。トルコとは大違いだ。トルコは金、金、金だな。いくら金があっても足らんわ、ちくしょー!

一緒にバスに乗ってアンタクヤに向かう。彼らは友だちとシリアから逃げてきて、家族とは別に暮らしているという。バスを降りて家に案内してもらうと、英語のできる青年はこの日のうちにイスタンブールへ向かうと言って去っていった。

アラビア語しかできないリヤドというおじさんのパソコンでグーグル翻訳を使って会話をした。明日の夜に、英語の通訳をしている友だちが来てくれるという。晩飯をごちそうになって寝ることにした。今夜の寝床はソファーだ。国境警備隊に蹴られた足がズキズキと痛んだ。

国境警備隊という盗賊か

2013年12月30日、目が覚めるとすでに昼前になっていた。居候でずっと雑魚寝だったし、久しぶりによく寝させてもらった気がする。

「トシ、キッチンに飯があるから食えよ」

リヤドが声をかけてくれた。飯を食べてからいっしょにスーパーにウインドウショッピングに行き、隣にある小さい遊園地の様子をしばらく眺めていた。みんな楽しそうにはしゃいでいる。隣国のシリアとは大違いだ。

家に帰ってリヤドお手製の晩ご飯を食べていると、リヤドの友だちが2人やってきた。1人はイブンという英語の通訳で、もう1人はムハンマドという地元のお金持ちだ。

「今夜は俺の家に泊まれ。明日は国境警備隊から荷物を取り返してやる」というイブンの車に乗って、アンタクヤの外れにあるタネシマという村に行った。イブンは子ども2人に奥さんとお母さんとの5人暮らしだ。

「明日はバブアルハワの国境と、荷物を取られた場所に行こう」とイブンが言った。世界の果てで、シリア人が頼もしく見えた。

翌日、朝の礼拝をしてから4人で国境に向かった。荷物を取られた場所を確認するために、シリア側の町アトメ付近の国境線へ自分の記憶を頼りに走ってもらった。しばらく行くと、見覚えのある場所に出た。

「イブン、ここだよ。この道をバイクで行ったんだよ。あそこのオリーブ畑の先にフェンスがあって、そこでやられたんだよ」

「間違いなくジャンダルマか?」

「分かった。バブアルハワの国境に行こう。話をして取り返してやるよ」

彼の言葉はとても頼もしかった。

国境警備隊の建物に着き、イブンが中で話をしてくれた。何やら話し込んでから戻ってきて、「取られた時間と、何を取られたか教えてくれ」と言って俺から聞いてからまた話し込んでいる。

しかし、しばらくして出てきた係官の「記録がない」という言葉に目の前が真っ暗になった。

——昨日の国境警備隊はやっぱり盗賊やったんや。諦めるしかないな。

「レイハンルの有力者に知り合いがいるから、その人に頼んでみるよ」

希望の灯が消えかけたかと思ったが、ムハンマドが言ってくれた。しばらく町の中を走ってコンクリート製品を作る会社を訪ねたが社長は留守で、別に経営しているというガソリンスタンドに行ってみたら会うことができた。

確かに有力者のような気がしたが、「近いうちに荷物は返ってくるよ。4日後に帰国するのか。それまでには出てくるよ。インシャッラー」

インシャッラーというのは神様がよいようにしてくれる、というイスラム教徒の決め台詞のようなもので、言い換えれば神様にしか分からない、自分には分からない、という意味にもなるので俺はこれを聞いてがっくりした。

イブンがその間、家に泊めてくれると言ってくれた。お世話になるので、お礼にここのガソリンスタンドで彼の車のガソリンを満タンにしてあげた。トルコのガソリンは1リットル2ドルもして高い。

——荷物は絶対に返ってこないな。トルコなんて大嫌いだ！

それでもシリアが好きなトシ

帰国の日まで、タネシマの村に滞在した。このあたりにはアサド大統領と同じアラウィ派の村もあってアサド寄りの人が多いが、タネシマはスンニ派の村で、シリア人の難民も暮らしている。シリア人の学校もあり、避難してきている子どもたちはそこへ通っている。

毎日誰かの家に行って飯を食べさせてもらっていた。とてもありがたいことだ。シリアから避難してきている人たちは、国連やトルコからの支援物資で生活している。ここで知り合った人たちのほとんどは仕事をしていない。支援物資を頼りに、みんながお互いに助け合って生きているのだ。

滞在中、食糧をもらいに行くため国連の難民キャンプまでついていったことがあった。仮設住宅のような建物が並ぶキャンプには武装したジャンダルマがいて俺は中には入れなかったが、食糧がぎっしり入った段ボール箱3つを受け取って家に運んだ。その中から俺にご馳走をしてくれていたのだ。

ムハンマドの家にはイブンと一緒に毎日行った。俺がいつも着ているジャンパーは、頭突きされた時に血だらけになっていたので、奥さんが洗濯してくれると言ってくれて、その間はムハンマドの服を貸してくれた。

この家は家族が多く、その中にムハンマドの孫のクプランという女の子がいた。脳に障害がある子で、俺は毎日この子の子守をしていた。俺も3人の娘を育てたので、子どもの相手をするのは慣れている。

「トシ、ここで暮らしてベビーシッターをしないか。家と嫁は世話してやるよ」

ムハンマドが言ってくれた。どこに行ってもここで暮らせと言ってもらえる。日本にマイホームなんかなかったらとつくづく思う。65歳までのローンがある身なのがつらい。

帰国の前夜はイブンの家に泊まった。外の水道で頭を洗っていると、「トシ、何してるんだ。

水は冷たいぞ。今夜シャワーを浴びられるようにしてやるよ」と言ってくれた。

晩ご飯は初めてここの家族といっしょにいただいた。女の人は客が来ていると別の部屋で食事をするので、同じ空間で食べられるのはイスラム圏ではなかなかないことだ。

ストーブの上にものすごく大きなやかんが置かれている。ご飯も終わってオレンジにひまわりの種のデザートが出てきた。ひまわりの種は殻がよく歯の間に挟まって食べにくかったが、いくつも食べているうちに慣れてきた。

「トシ、そろそろシャワーを浴びるか？」

イブンがでかいヤカンを持ってシャワールームに案内してくれた。たらいにお湯を入れて水で薄めるのだ。横には柄杓があってそれで体にバシャバシャかけるのだが、これが寒い。しかしここに来て初めてのお風呂は気持ちよかった。

別れの朝が来た。結局、機材は返ってこなかった。お世話になったみんなにアンタクヤのバスターミナルまで送ってもらい、バスの運転手にガジアンテップのバスターミナルから空港までのタクシーを手配するよう頼んでくれた。

「また来いよ。今度はアンタクヤの空港に来るんだぞ。空港から電話すれば迎えに行くから」

国境警備隊以外は親切な人ばかりだった。今回は時間ばかりが過ぎてシリアへ行くという本来の目的は果たせなかったが、俺がシリアへ通うようになった一番の理由であるシリア人の優しさには触れることができた。

「ありがとう。また来るよ」

みんなと握手をして俺はバスに乗り込んだ。

エピローグ

２０１３年末にシリアに入れずに追い返されてから1年余りが過ぎた。相変わらず俺は日々トラックを運転している。

トルコ国境警備隊に殴られて機材を全て失ってからシリアには入れていないが、テレビやインターネットでシリアの映像を見るたびに、現地の友人たちの姿や最前線での出来事がまぶたに浮かんできて胸が熱くなる。

現地で撮影した写真や映像をフェイスブックにアップすると、いまでもシリアやどこかの国の多くの人たちが反応してくれる。こうしたつながりが、シリアで経験したことは現実にあったことなんや、と実感させてくれる。

あれからシリア情勢はさらに大きく変わっていった。「イスラム国（ＩＳ）」が勢力範囲を広げ、民間軍事会社経営の湯川遥菜さんやジャーナリストの後藤健二さん、米国人ジャーナリストらを斬首する映像を流すなど、さらに過激な方向に進んでいる。

２人目に処刑された米国人のスティーブン・ソトロフ氏は２０１３年夏、俺がアレッポやハマでお世話になったフィクサーのヨセフと一緒に行動中に拘束された。ヨセフは1週間して解放されたが、ＩＳに批判的な報道をしてこなかったか厳しく追及されたらしく、その後はトルコに避難している。

旅行者である俺が最前線にまで辿り着けてしまったのは、現地で知り合った友人らと一緒だったからだ。その友人たちもほとんどが避難せざるを得ない状況になっている。ヨセフたちが捕まったのはトルコ国境近くのアザーズからアレッポに向かう途中で、ＩＳ（当時はイラク・シリア・イスラム国＝ＩＳＩＳ）の支配地域ではなかった。どこで誰に捕まるか分からないし、ＩＳに売り飛ばされれば何億円もの身代金を要求され、応じなければ処刑される。シリアはそうそう近づけるような場所ではなくなってしまった。

シリアについてのニュースはいまやＩＳについてのものばかりになった。しかしそもそもは、政府側と反政府側の内戦が続き、情勢が悪化していくのを誰も手をつけずにほったらかしにしてきた点に問題がある。もっと早くに内戦に折り合いをつけることができていれば、ＩＳがこれほど勢力を拡大することもなかった。それなのにもともとの問題である内戦のことはほったらかしのままＩＳの話ばかりしている。世界の関心が寄せられない間にも人々の命が奪われていく。そうした状況はずっと変わっていない。

自分は旅行者なので、もともとの動機は「現地を見たい」という興味からで、現地の様子を伝えたいなどと思っていたわけではない。離婚してからそれまでの日常が壊れて、どう生きていけばいいのか分からなくなったときに、自分などとは比較にならないほど日常が破壊された中で理想を求めて戦っている人たちに興味を持ち、ひょんなことから受け入れられたことで居場所を見つけたような気がして通い始めたのが始まりだ。

正直に言えば現実逃避で行ったようなものだったが、現地には現地の現実があることを思い知らされて、ただ見るだけではあかん、と考えるようになった。

俺が入った場所では政府軍によって人々が殺されていた。人々が俺を受け入れてくれたのは、そうしたことを伝えてほしいからだろうし、自分の責任として伝えないといけないのだと気がついた。

最前線に通ううちに、ジャーナリストになるのもいいかもしれない、と思ったこともあったが、実際に彼らと知り合って報道の陰の苦労も知った。命がけで取材をしてもメディアで使われないことも多い。人が殺されているという事実がないがしろにされているような気がしてならないが、仕事としてやっている以上はどうにもならない部分もあるのだろう。

俺の場合はほかに収入の口がある旅行者なので、タダで写真や動画をフェイスブックで公開できる。現場で自分が見ることができたことだけだが、それも一つの事実なのは確かだ。日本でもシリアについてのデモがあって、俺の写真を使いたいというNGOの人から連絡をもらって了承したことがある。一人でもシリアの状況を知ってもらえたなら戦場旅行にも意味があったのではないか。

だから、旅行者として自分の興味のあるものを見るために戦場へ行くことに意味がないわけではない。ただ、旅行者としてでよいから、見てきたことを周りの人に伝えたほうがいい。いまならフェイスブックなどインターネットで世界に発信することもできる。大きな問題は、関心を持たれないままに人々が殺されていくことだ。見たものはしっかりとカメラに収めて帰ってきて、そのまま伝えるだけでもいい。そうすることが戦場旅行者としての条件だと思う。

俺の場合、旅行者にもビザが出ていた時期に現地に入り、友人がたくさんできて面倒を見てもらえた。最後にトルコ国境で殴られて追い返されたのは、友人たちに頼ることができずに焦って単独行動をとった結果だ。旅行者なのに無理しようとしたツケのようなものだ。シリア側ではすでにＩＳＩＳが跋扈していたので、痛い目には遭ったけど、あれで良かったのだと思う。行けば何とかなる、という場合もあるが、シリアはもはやそうした状況ではない。

離婚して家族に会えなくなって5年。これ以上ない最悪の状態にあるシリアに通う中で、寂しさを紛らわそうと現実逃避をしたところで現実から逃げられるわけではない、ということにも気づかされた。

家族が遺体を葬ることもできないままミイラ状態になってしまった少女の姿は忘れられない。俺にはまだやれることがあるんじゃないか。

離婚して子どもたちに苦労をかけているのに、いまさら、という気持ちがずっとあった。でも5年も会えていないのだから、考えてみればこれ以上悪くなることはないのだ。一歩踏み出す機会を意地や恐れで逃してしまったら、大切なものを本当に失ってしまうかもしれない。

シリアの、個人の力ではどうにもできないような本当に最悪の状況の中で、それでも必死に生きている人たちの姿が頭に浮かんだ。気持ちさえ切り替えれば、俺はまだ自分でなんとかできるはずだ。

２０１４年12月、思い切って以前住んでいた家に電話をかけてみることにした。元ヨメと子どもたちはいまもそこに住んでいる。俺が知っている連絡方法は、一緒に住んでいたその家の電話だけだ。

電話には元ヨメが出た。声を聞いてすぐ俺だと分かったようだった。

「いまさらで勝手だけど、子どもたちに会いたいんや」

すぐに代わってくれて、まず次女が出た。将来やりたいことを見つけて、そのための専門学校に通っているという。中学受験は思うような結果ではなかったが、そんなことよりも、自分の将来を自分で考えて前に進んでいるということが嬉しかった。

俺がシリアに行って、テレビで紹介されたことも知っていた。

「お父さんのことでいじめられていないか？」

「大丈夫」

世の中にはいろいろな人がいるので、戦場旅行者としてテレビに紹介された俺のことで娘たちがいじめられていないかずっと心配だった。ちょっと安心した。

長女は出かけていたので、三女に替わった。離婚して最後に会ったときはまだ小学生だったが、もう高校生になっている。

「お父さんのことでいじめられてないか?」

「大丈夫」

「いままでごめんな」

「大丈夫。お父さんのこと大好きだから。ここまで育ったのは、お父さんのおかげだから」

三女が電話の向こうで泣きだした。俺の目からも涙がこぼれた。

構成者あとがき——さあ戦場へ行こう　安田純平（ジャーナリスト）

本書は、ジャーナリストでもないのにあれよあれよという間に内戦のシリアの最前線に辿り着いてしまったトラック運転手、藤本敏文さんの戦場旅行記である。難しいことは考えずに思うがまま見聞きしてきたその記録には、目を覆わんばかりのシリアの惨状や、その中でも生き生きとした人々の表情、彼らが掲げた理想と厳しい現実がありのままに描かれている。

瓦礫と化す前の世界遺産、グレート・モスクのミナレットの攻防戦をはじめ、記録として貴重なものも多いし、取材するつもりもなかった旅行者が戦場の現実を知って言葉をなくす姿は、戦場取材を始めたころの自分にもそうした瞬間があったことを思い出させてもくれる。いつしか頭の中が「仕事になるかどうか」ばかりになっていて、目の前の出来事をひとりの人間として受け止める感性を失ってしまっていないだろうか、と。

藤本さんは、シリア内戦の初期である２０１１年12月にシリア政府のビザを取得して西部ホムスを訪れ、政府軍からと考えられる銃撃とその犠牲者を目撃し、それに抗う民衆の叫びを全身で浴びて圧倒される。シリアにすっかり魅せられ、２０１２年12月には、ホムスで知り合ったシリア人からの情報を頼りに激戦地である北部アレッポへ入り、近くに銃弾が着弾するほどの激しい最前線を何度も訪れている。

「とりあえず行ってみる」という感覚の典型的な旅行者らしい行動だったのは最初のホムスまでで、その後は、反政府側組織・自由シリア軍（ＦＳＡ）の戦闘員らに案内してもらい、プレスセンターに宿泊するなど、現地での行動は当時現場にいた他のジャーナリストとほとんど同じである。

ジャーナリストも行かないような最前線にも踏み入っているが、こう着状態での建物間で撃ち合う銃撃戦は遮へい物に隠れやすく、戦闘員よりも後ろで撮影しているので被弾する可能性はさほど高くはないだろう。スナイパー通りを走り抜ける際も、他の人との時間差を十分にあければ直撃される危険性をかなり下げることができる。藤本さんは無謀なようで、踏み越えてはならない一線もいちおう守っている。

シリア軍は6階建てのビルが一発で潰れるほどの爆弾で空爆しているが、ヘリや戦闘機は対空機関砲で撃たれても当たらないよう高高度を飛んでおり、狙った場所に空爆で着弾させることはできていない。つまりあえて無差別爆撃をしており、敵味方が近い銃撃戦で敵側だけを狙うことはできないので最前線付近への空爆はしにくい。むしろ最前線のほうが爆撃に巻き込まれにくいとも考えられ、住民も前線に近い地域に移住を始めているとも聞く。

「政府側と反政府側」という分かりやすい構図だった２０１２年末のアレッポ編では、こう着しているだけに前線の場所もはっきりしており、欧米のジャーナリストも街をかなり自由に出歩けている。拉致されるという危険もまだあまりなかった時期だ。

しかし、2013年5月のハマ編では街の荒廃がさらに進み、撮影の制限が厳しくなってジャーナリストの人数もかなり少なくなってきている。そして同年末のトルコ編では、藤本さんはシリアに入ることもできなくなってしまう。

2012年にも行方不明になる欧米のジャーナリストはいたが、2013年の夏以降、「イラク・シリア・イスラム国(ISIS)」、のちのイスラム国(IS)が勢力を急速に拡大し、FSAから国境沿いの町を奪うなど反政府側同士の抗争が激化。外国人が拉致される事例も急増した。

藤本さんが頼りにしていたシリア人たちはことごとくトルコに避難しており、藤本さんはシリアに入る手段を失い、友人に頼らずに国境を越えることを試みてしっぺ返しを食う。内戦初期から通い続けた藤本さんの記録からは、こうしたシリア情勢の悪化が鮮明に浮かび上がってくる。

旅行者が戦場へ行くのは無謀ではないか、と考える人もいるだろうが、現場へいかに入り、無事に戻るかという手法について、職業によって違いがあるわけではない。不謹慎だ、と思うかもしれないが、ジャーナリストが戦場に行く「大義」のほうが納得しやすいだけで、死傷したり、拘束されたり、人質になったりという危険は同じだ。

藤本さんよりも、さらに頻繁にシリアに通い続けていたのがジャーナリストの後藤健二さんだった。アフリカや中東などで紛争地取材をしてきたベテランの映像ジャーナリストである。2011年からトルコの難民キャンプの取材を始め、シリアの映像を何度もテレビで発表し、日本人としては近年では飛び抜けて成功していた。私は2014年3月にシリアについての後藤さんの講演会を聞きに行って知り合い、以来、頻繁に連絡をとるようになった。

年末年始とゴールデンウイークにしか旅行できないサラリーマンの藤本さんと違い、定職のないフリーのジャーナリストは情勢の変化を見計らうことができる。藤本さんは2013年末にはシリアに入れなかったが、トルコ国境からアレッポへの道は再び通れるようになり、後藤さんはその後も通い続けていた。

その後藤さんがシリア取材から戻っていないと私が聞いたのは2014年11月中旬のことだ。10月29日に帰国の予定で11月上旬の仕事を入れていたが、その仕事先に連絡もないままだった。講師を務めるはずの10月30日の報告会も同様で、外国人を多数拉致して人質にしているISに拘束されている可能性を考えた私は11月下旬、アレッポのFSA関係者に人を介して状況をたずね、「拘束されたのではなく、取材に行くと言ってIS支配地域へ向かった」と連絡を受けた。それが事実なら、取材が長引いて連絡もとれないことはありうるので、半信半疑だったがどうにもできないでいた。

後藤さんの姿が突如ネットに流されたのは2015年1月20日のことだ。前年8月に拘束されていた湯川遥菜さんとともに人質となり、ＩＳが２人を解放する条件として日本政府に身代金２億ドルを要求する動画が公開された。結局、同24日には湯川さん、２月１日には後藤さんも殺害されたとする画像が配信された。

この文章を書いている４月下旬の段階で、後藤さんのシリア入りの経緯については不明な点が多い。

10月22日に日本を発ち、29日に帰国するという日程は紛争地取材としてはあまりに短いが、彼はアレッポではそうした日程で取材ができていたので特別なこととは考えていなかっただろう。しかし、10月にはすでにシリアに行ってテレビに映像を発表しており、仕事はすでに成功していた。次の国内での仕事までの短い期間に往復しなければならない事情は何だったのか。

紛争地では今日通れた道が翌日には通れなくなることもよくある。まして、何度も通ったアレッポではなく未経験のＩＳ支配地域に入る日程としては余裕がなさすぎる。移動の時間を考えるとＩＳ支配地域には２日程度しか滞在できない。確実にＩＳに受け入れられ、無事に帰されるというよほどの自信がなければ組めない日程だ。

某テレビ局の仕事でイラクへ行く予定がキャンセルになったため、急きょシリア行きに変更したとの情報もある。すでに購入していたトルコへの航空券を使おうとしただけだった可能性もあるが、真相は分からない。

それまでにも常岡浩介さん、横田徹さんという日本人が２人、ＩＳ支配地域をそれぞれ取材して無事帰国していた。ＩＳ側に人脈があってすでに何度も現地入りしていた日本人イスラム法学者のハサン中田考さんとともにＩＳ関係者とトルコで合流し、独自のルートでシリアに密入国してＩＳ支配地域に入っている。横田さんは許可証を現物で持たされており、ＩＳの検問所も問題なく通過して大勢の外国人戦闘員たちと同じ施設に滞在している。２０１４年12月に現地取材したドイツ人作家も、ドイツ人戦闘員経由で7カ月間交渉した結果、許可証を得ていたという。つまり、そうした個人的なつながりによって受け入れられる態勢を整えたということだ。

ＩＳは独自の行政機構をつくっており、内部の人間の引率があり、許可証もあれば問題なく入れるが、それらがなければ拘束される。通常の国のビザのようなものだ。ＩＳが警戒しているのはスパイの侵入である。世界中から戦闘員希望者が集まってくるＩＳには各国情報機関の関係者が入り込もうとしているのは間違いないし、トルコにいる間に身元確認ができなければ国境越えの方法すら見せるわけにはいかないはずだ。

後藤さんの場合、ＩＳ支配地域の手前のＦＳＡの検問所にシリア人ガイドの車でやってきて、双方の支配地域を行き来する現地人向けのバスに1人で乗ってＩＳ支配地域へと向かったと報道されている。外国人戦闘員の多いＩＳでは英語が通じるとしても、ガイドが同行するでもなく、ＩＳから迎えが来るわけでもなく、敵対勢力であるＦＳＡの検問所から1人で入っていったという行動は、本当に身元保証をして許可証を出した人がＩＳ内部にいたとは思えないものだ。仮に許可証が出ていたとしても、1人で入らせる時点で真偽を疑うべきだろう。

私が最後に会った2014年6月上旬の時点で、後藤さんはISには全く興味を示していなかった。それ以前にも、ISへの取材をしていた前出の2人を紹介しようと持ちかけてみたが、乗り気でない様子だったので見送ったことがあった。しかし、IS関連のニュースが連日流されるようになったことで、IS支配地域への取材を考えるようになったのだろう。時間をかけて許可証を取るような準備をしていたとは思えない。

IS取材の経験者から現地への入り方などを事前に聞いていれば、報道されているような後藤さんの現地への入り方が、過去に無事だった人の方法とは違うことは分かったはずだ。私自身、2014年4月にイラクのバグダッドからの取材を試みたが、前出の中田さんから「イラクについては紹介は難しい」と言われた時点できっぱりとあきらめがついた。捕まった場合の結果が重大すぎるため、別の現地入りの方法を試すという気にはなれず、現地の友人にカメラを持たせて撮影してきてもらうという方法を採るしかなかった。

後藤さんがIS支配地域へ向かったころにはすでに米国人記者や多数のイラク軍兵士を殺害する動画が公開され、イラクの少数派ヤジディ教徒の虐殺も報じられていた。2004年に香田証生さんを殺害した組織の流れをくむことも知られており、日本人なら大丈夫、という感覚はかなり危ないことも想像できる。ISに拘束されて無事帰ってきたのは、自力で脱走するか、億単位の身代金を払うかした人だけである。

ベテランの後藤さんならば、このようなことは百も承知だったはずだ。それでも前例にない方法でＩＳ支配地域へあえて入ったのだとすれば、よほどの特殊な事情があったということだが、本稿執筆時点でそのあたりの判断基準がなんだったのか、確かな情報はない。そもそもジャーナリストの仕事は前例のない視点や手法によって行うべきものであって、前例を踏襲しなかったことは一概に否定すべきものではない。ただ、一般化できないほど特殊な判断だったとしか思えないし、そうした事情があっても判断基準を変えるべきではない、という教訓とすべきだろう。

ベテランだけに経験が過信につながった可能性もある。後藤さんは２０１４年１月にはアレッポで、ＩＳと対立するアルカイダ系組織のヌスラ戦線にスパイ容疑で拘束され、交渉してすぐに解放されて取材許可証までもらっている。それでもそのまま取材せずに帰国したほど慎重な人だったが、仮に同じように交渉で打開できると考えていたとすれば、ＩＳの性質を見誤っていたと言わざるを得ないのではないか。ヌスラ戦線を取材した外国人は日本人を含め何人もいたが、彼らにとってもＩＳの取材は困難だった。

湯川さんは、反政府側組織に従軍してＩＳとの最前線に近づいた際に、１人だけ車に残って待っていたところをＩＳに襲撃されて拉致されたようだ。自らＩＳ地域に入った後藤さんよりも不可抗力の部分が大きいが、最前線において従軍相手と離れて１人になってしまうのは危険であるということが分かる。戦闘についていく危険よりも、はぐれてしまうことの危険性のほうが高いということだ。

大事なことは、こうした事例が発生したときに、何が起こったのか、ほかに方法はなかったのか、なぜその判断になったのか、について具体的に検証し、次につなげることだ。そのことによって本人の過去の実績に傷がつくわけではないし、実績があるからといって検証しなくていいわけでもない。

最悪の展開は「ベテランの後藤さんですら人質になったのだから」として、現場取材を自粛するようになることだ。問題なのは、現場に行くべきかどうかではなく、どのように取材するか、という方法論である。技術的に現場入りが難しければ断念する。それだけのことであって、現場取材の意義については何ら変化はない。

今回の事件と前後して、クルド勢力がＩＳを押し返したトルコ国境に近いコバニや、アレッポの政府側支配地域を取材した朝日新聞が、政府関係者や他紙から具体的な危険性を指摘されることなく批判された。つまり、「空気を読め」ということだ。また、新潟のフリーカメラマン、杉本祐一さんは過去にもシリア内戦を取材していたが、以前からつきあいのある地元紙から取材され、シリア取材の予定を話したところ、日程や行程まで掲載されて、それを見た外務省と県警によってパスポートを返納させられた。これについては「当然だ」とする社説を出した新聞もあった。

いずれも後藤さんのように自らＩＳ支配地域に入ろうという取材ではない。支配地域以外でも犯罪集団などに拉致されてISに売られるのがシリアなのだが、朝日新聞が取材したコバニはクルド勢力のプレスツアーだし、政府側地域では情報省の役人が監視でついてくるわけで、いずれも威信をかけて護衛していると考えていいだろう。ＩＳの人質になる可能性はかなり低かったと見てよいのではないか。

杉本さんが取材を予定していたのも主にコバニだ。やはり人質が殺害されている英国のＢＢＣをはじめ、各国メディアの記者が「コバニ解放」の取材に入っているなかで、それでも人質になるという具体的な根拠があるならそれを報じるべきだろう。

外務省の退避勧告を自粛の根拠とするなら、取材できる場所、できない場所が政府の裁量で決められ、それを受け入れるということになってしまう。政府はシリア難民支援を表明しているが、国民がその是非を判断するにはそもそもの原因である内戦の現場の情報も必要だ。「積極的平和主義」を掲げる日本政府が、集団的自衛権によって自衛隊を海外派遣するようになれば、そうした現場には退避勧告が出されるだろうが、現場からの情報なしで派遣の是非、活動内容の評価をできるわけがない。

「人質になったら国家に影響を及ぼすから自粛すべきだ」と言う人もいるが、２００４年のイラク日本人人質事件でも、今回の事件でも、そうした影響が具体的にあっただろうか。もし事件をきっかけに政策を変えれば、あらゆる政策に対して人質をとって変更を迫る事件が発生する恐れがあるため、慎重に判断すべきだ。しかし、民意と政治によってあえてそれを選ぶならば、その責任は国民にあると考えるべきだろう。

我々に必要なのは、危険だ、危険だ、とただ恐れて政府の勧告に従うことでも自粛することでもなく、具体的な情報をもとに自らの頭で判断することだ。恐怖によって政治的な要求を通す行為が「テロ」であるならば、そうした感情に流されず、冷静に、具体的に、論理的に考えることこそが最大の抵抗である。本来なら政府はそうした情報を提供すべきだし、政府とは違う立場で知らせるのがジャーナリストの役割だ。

戦争の現場に行けば死傷する可能性はあるし、拘束されるのは日常茶飯事で、人質になることもある。そうした場合に日本政府ができることはほとんどない。今回も、「直接交渉はしないし、身代金も払わない」と外務省が後藤さんの家族に早々に告げている。自分の判断力や人脈が頼りであるからこそ魅力のある現場なのだが、最悪の結果を迎える場合もあることは留意しておかなければならない。それを踏まえて判断するためにも、恐怖を煽るのではなく具体的な判断材料が広く提供されるべきだ。

本来、現場に行ったほうがよいのはジャーナリストだけではない。戦争の現実は、あらゆる職業や立場の人々がそれぞれの専門知識や興味・関心をもとに現場を観察し、文章や映像や、絵や小説などあらゆる方法で表現することで、ようやく立体的なものとなって見えてくる。ジャーナリストにはジャーナリストとしての視点や分析、表現方法があればよいだけのことだ。

普段の日本の日常は、無数の人々によって特にネットを通して様々に表現されている。戦争の現場ではそうした日常が壊れていく中で、それでも人々は生き、死んでいく。その戦争の何たるかを描くには、普段の日本と同じように無数の視点と表現方法があったほうがよいに決まっている。藤本さんのように生情報のままでも、価値が認められればこうして書籍にもなるし、テレビでも紹介される。その情報を活用できるかどうかは受け手側の力量次第だ。

だから戦場に行く目的が旅行であっても一向に構わないと私は思っている。そこで見た現実に、それぞれのやり方で真摯に向き合えば十分だ。現地の情報が伝わることこそが大事であって、その人が立派な人柄である必要も、子ども好きである必要もない。

ネットの普及によって、戦場から現地の人が流す無数の映像や写真、文字情報を日本にいても見ることができるようになった。しかし、流れてくるのは彼らが流したいことだけだし、現地の人では気づかないこともある。ネットを見ていれば分かることは多いが、現場に行かなければ分からないことも無数にある。

現場に入れなかった、という話も具体的であれば貴重だ。安全対策を考えるうえではむしろ参考になる。成功した取材による情報だけが価値を持つわけではない。いずれにしろ、挑戦しようとする人間がいるからこそもたらされるのが情報なのだ。

2011年3月に始まったシリアの反政府運動は、政府による厳しい弾圧を受けて武装闘争に発展し、泥沼の内戦に陥った。本書のアレッポ編までのように、人々がまだ将来に希望を見出していた時期もあったが、反政府側への欧米の支援は極めて限定的で、ロシアやイラン、レバノンの民兵組織ヒズボラの支援を受けるアサド政権との圧倒的な戦力差の中で、反政府側地域の情勢は悪化の一途をたどった。

転機となったのは2013年8月に報じられた化学兵器使用疑惑である。アサド政権に化学兵器の廃棄を求める国連安保理の決議が採択され、アサド政権はこれを受け入れて廃棄作業に入った。しかしこれはアサド政権の存続にお墨付きを与えたに等しく、桁違いに多くの犠牲者を出し続けてきた他の兵器による殺戮はむしろ激しくなっていった。

欧米の言う「人権」や「民主主義」、「平和」といったものがまるであてにならないことを思い知った反政府側では、このころから急速に「イスラム化」が進んでいった。世俗的だった集団も「イスラム」を掲げることで海外のイスラム団体からの支援を期待できるからだ。情勢が悪化するにつれて人心も荒廃し、人々に回すべき食糧を奪ったり、従わぬ者を殺害したりする「ギャング」と化した武装集団も増加した。共通の倫理観、価値観としてのイスラムが、無法状態の現場に秩序をもたらすものとして再認識されるのは当然の流れだっただろう。そうした中で、主に他の反政府組織から支配地域を奪いながら急速に勢力を拡大したのがＩＳである。

つまり、泥沼の内戦を放置しつづけてきたことの結果が現在の惨状だ。イラクにおいても、スンニ派住民へのシーア派政権による弾圧が放置されてきたことがＩＳの拡大につながった。そうした状況に対する我々の無関心こそが大きな一因だったと言わざるを得ないだろう。

現地を取材した報道は無数にあったし、私自身もテレビなどで発表したが力及ばぬ状態だった。だからこそ、世界中に注目された藤本さんの体験をもっと早くまとめることができたら、少しでも関心が広がっていたのではないかと悔やんでいる。

もっと多くの戦場旅行者がいればもっと多くの情報が流れていたに違いない。その中から力のあるジャーナリストがもっと誕生していたことだろう。実際、シリア内戦を機に活躍し始めた若い世代のジャーナリストもいる。

だからあえて言う。さあ、戦場へ行こう！

本書は、書き下ろしです。原稿枚数520枚（400字詰め）。

〈著者紹介〉
藤本敏文（ふじもと・としふみ）　1967年徳島県生まれ。職業、トラック運転手。趣味、戦場旅行、狩猟。シリア内線の最前線アレッポを観光中にAFPに取材され世界中に配信された。ワシントンポスト、ニューヨークタイムズ、アル=ジャジーラ、アルアラビアをはじめ多くのメディアに取りあげられ、一躍「世界のフジモト」となる。「ISIS（イラク・シリア・イスラム国）の戦闘員だった」と誤報された経験あり。アサド支持派の政治団体からフェイスブック上で殺害予告を受けている。

戦場観光～シリアで最も有名な日本人
2015年5月25日　第1刷発行

GENTOSHA

著　者　藤本敏文
発行者　見城 徹

発行所　株式会社 幻冬舎
〒151-0051 東京都渋谷区千駄ヶ谷4-9-7

電話：03(5411)6211(編集)
03(5411)6222(営業)
振替：00120-8-767643
印刷・製本所：中央精版印刷株式会社

検印廃止

ISBN978-4-344-02767-1 C0095
幻冬舎ホームページアドレス　http://www.gentosha.co.jp/

この本に関するご意見・ご感想をメールでお寄せいただく場合は、comment@gentosha.co.jpまで。